Petra Reategui
An einem Freitag in Colombo

Petra Reategui

An einem Freitag in Colombo

Sieben Geschichten
vom Leben und Sterben

Bibliografische Informationen der Deutschen Nationalbibliothek:
Die Deutsche Nationalbibliothek verzeichnet diese Publikation
in der Deutschen Nationalbibliografie; detaillierte bibliografische
Daten sind im Internet über http://dnb.d-nb.de abrufbar.

© 2015, Petra Reategui, Köln
Umschlagbild und -gestaltung: Roland Poferl Print-Design, Köln
Herstellung und Verlag:
BoD – Books on Demand GmbH, Norderstedt
ISBN 978-3-7386-2696-4

Inhalt

Kyoto 7

Pierre oder die Liebe in DIN A4 11

Entwicklungshilfe oder der Traum von
Weihnachten 23

Afrikanisches Souvenir 35

No Time to Die 53

Neapel sehen und sterben 57

An einem Freitag in Colombo 63

Über die Autorin 79

Kyoto

Langsam wandert das alte Ehepaar durch den Stadtwald. Von der nahen Kirche weht Glockengeläut herüber. Es hat zu schneien angefangen, aber die Flocken bleiben nicht liegen. Unter Baumgruppen, wo die Wipfel den Himmel verdecken, sind die Wege feucht und matschig. Dort fassen sich die Frau und der Mann an den Händen, um sich gegenseitig zu stützen.

Unsere Schritte haben sich angepasst in bald fünfzig Jahren Ehe, denkt der Mann, während er sich die Schildmütze ein wenig tiefer ins Gesicht zieht, damit der Schnee ihm nicht direkt in die Augen weht.

Er blinzelt und beobachtet, wie ihre Füße sich in gleichmäßigem Rhythmus vorwärts bewegen. Links, rechts, links, rechts. Er lächelt, das war nicht immer so gewesen. Ilse war immer gern vorwärts gestürmt, früher, als sie verlobt waren, und in den ersten zwanzig Jahren ihrer Ehe. Er war ihr nie schnell genug. Doch irgendwann war ihm aufgefallen, dass sie immer häufiger gleich schnell gingen.

Und inzwischen gleich langsam.

Habe ich mich Ilse angepasst oder sie sich mir?

Wo der Weg leicht ansteigt, fasst er sie fester am Arm. Sie sprechen nicht. In bald fünfzig Jahren Ehe ist fast alles gesagt. Er findet es nicht traurig, eher beruhigend.

Sie wissen alles voneinander, und wenn tatsächlich der eine vor dem anderen noch ein altes Geheimnis haben sollte, dann ist es jetzt nicht mehr wichtig.

Er denkt zurück an den Wintertag vor über fünfzig Jahren, als er seine Großmutter im Rollstuhl durch den Park fuhr. Das war zu Hause gewesen. In Kyoto. Auch damals schneite es, und er hatte sich über ihre Schulter beugen müssen, um ihre Worte zu verstehen.

»Ich weiß, du wirst nicht auf mich hören, Junge, aber erzähl' mir später nicht, ich hätte dich nicht vor dieser Heirat gewarnt.«

Er sah, dass sie weitersprach, aber der Wind nahm die Worte mit, und er verstand nur Fetzen wie »… die Mädchen dort in Europa …«, »… andere Kultur …«, »… später im Alter …«. Er war vierundzwanzig und verliebt, und das Alter interessierte ihn nicht.

Oben angekommen, bleiben sie ein paar Minuten auf dem Weg stehen und schauen hinunter auf die breite, weißglitzernde Lichtung, wo Kinder einen Schneemann bauen. Ilse atmet schwer. Er schaut sie von der Seite an, sie muss in letzter Zeit oft schwer atmen. Ihre Wangen sind von der Luft gerötet, sie hat die Augen zu schmalen Schlitzen zusammengekniffen, um sie vor den stärker wirbelnden Flocken zu schützen. Genau wie seine Großmutter damals, auf der Anhöhe im Park, von der aus man auf Kyoto blickte, das im Schnee versank. Er tritt näher zu seiner Frau und legt den Arm um sie.

Sie haben geheiratet und drei Kinder bekommen. Einen Sohn und zwei Töchter, die in Deutschland wegen ihrer glänzend schwarzen Haare auffielen und beim Besuch in Japan wegen ihrer großen runden Augen. Die jüngste, Hitomi, hat sogar die blauen Augen ihrer Mutter geerbt. Irgendwann, hatte er sich am Anfang ihres gemeinsamen Lebens vorgenommen, irgendwann wollte er mit Ilse und den Kindern zurück nach Kyoto gehen. Aber dann hatte die Firma, für die er arbeitete, eine Niederlassung in Düsseldorf eröffnet, und er blieb in Deutschland.

Manchmal lag ihm die »andere Kultur« schwer im Magen. Manchmal ging er allein auf die Anhöhe im Stadtwald, von wo man auf die Wiese schaute, auf der die Kinder herumtollten, und er sah seine Heimatstadt vor sich liegen, Kyoto mit seinen Schnellstraßen, seinen Hochhäusern, Kyoto im Sommer, Kyoto im Schnee. Und er beugte sich über die Schulter seiner Großmutter.

»Im Alter sehnt man sich wieder zurück in die Kindheit«, sagt sie.

Er wurde vierzig, dann fünfzig. Mit sechzig schaute er seinen Enkeln hinterher, die unten auf der Wiese Fangen spielten, und er dachte ans Alter. Nicht immer war die Ehe leicht gewesen, Ilse war immer so schnell. Aber dann waren sie plötzlich Großeltern, und ihre Schritte hatten einen gemeinsamen Rhythmus gefunden.

Manchmal begleitet Hitomis Sohn sie in den Stadtwald, dann packt der Enkel die Großmutter und trabt mit ihr den Weg hinauf bis dorthin, wo sie jetzt stehen. Hoch über der Lichtung, von wo er immer Kyoto sieht.

Meist bleibt er dann ein paar Schritte zurück, damit sie nicht merken, dass er weint.

Er spürt, wie seine Frau ihn von der Seite anschaut.

»Es ist kalt«, sagt sie, »du darfst dich nicht erkälten.«

Geschäftig bindet sie ihm den grauen Schal, den eine der Töchter ihm zu Weihnachten geschenkt hat, fester um den Hals und zieht den Stoff an den Ohren ein wenig in die Höhe. Sie lächelt.

»Du erinnerst mich an meinen Vater. Habe ich dir eigentlich schon mal gesagt, dass ihr euch jetzt im Alter immer ähnlicher seht?«

Sie hakt sich bei ihm ein, und er führt sie vorsichtig den Weg hinunter. Ihre Füße bewegen sich im gleichen Rhythmus. Langsam und bedächtig. Links, rechts. Links, rechts.

Pierre oder die Liebe in DIN A4

Können Sie Französisch?

Zu schwer, meinen Sie? Nie Gelegenheit zum Lernen gehabt?

Schade, wo Französisch doch die Sprache der Verliebten ist, die Sprache der Liebe. Und Hand aufs Herz, haben Sie nicht auch schon immer von einem romantischen Wochenende in Paris geträumt?

Geben Sie sich also einen Ruck, es gibt tausendundeine Möglichkeiten, diese schönste aller schönen Sprachen der Welt zu lernen. Fangen Sie gleich jetzt an, noch heute. Sie werden sehen, es ist gar nicht so schwer, wie Sie glauben.

Beginnen wir also mit ein paar ganz einfachen Grundbegriffen:

B-O-N-J-O-U-R

Das haben Sie sicher verstanden.

Und wie sieht es damit aus?

C-H-E-R-I-E

Oder damit:

A-M-O-U-R

Sehen Sie, es ist ganz einfach, und wenn wir mit Großbuchstaben anfangen, ist es besonders einfach, weil man sich da gar nicht erst mit den lästigen Akzenten abgeben muss, die zugegebenermaßen die schönste aller schönen Sprachen manchmal zum Ärgernis machen. Bei Großbuchstaben darf man die nämlich weglassen.

Auch Sabine hatte nicht lange über Akzente nachgedacht, als sie anfing, die Buchstaben des Alphabets mit einem dicken schwarzen Stift auf DIN-A4-Seiten zu malen. Sabine könnte auch Helene geheißen haben oder Evelyn, Ursula oder Petra. Wie Mädchen eben so hießen Mitte der 60er Jahre des vergangenen Jahrhunderts. Aber ich nenne sie nun einmal Sabine.

Mitte der 60er Jahre des vergangenen Jahrhunderts war Sabine so um die sechzehn. Ein gefährliches Alter und besonders gefährlich, wenn man gegenüber einer Kaserne wohnt, noch dazu einer französischen.

O-L-A-L-A!

Seit einem Jahr hatte Sabine Französisch in der Schule. Aber vielleicht, weil sie nun mal von Liebe oder von A-M-O-U-R noch nicht allzu viel verstand, tat sie sich schwer mit dieser für unsere deutsche Zunge hin und wieder doch etwas komplizierten Sprache. Sie war nicht die einzige in der Klasse, die sich nicht merken konnte, ob die französische Sonne männlichen oder weiblichen Geschlechts war; die darüber stöhnte, dass das Wetter nicht heiß war, sondern heiß machte. Machte! Pourquoi – warum um alles in der Welt? – fait-il chaud? Ganz abgesehen von der langatmigen Frageform »Est-ce qu'il fait chaud? – Ist es, dass es heiß macht?« oder der umständlichen Schreibweise des O, des einfachen Lauts O, den der Franzose zwar manchmal tatsächlich mit dem Buchstaben o wiedergibt, besonders gern aber, und um ausländisch sprechende und schreibende Menschen zu ärgern, mit der Vokalkombination a-u oder gar e-a-u. Was die Sache mit den auf DIN-A4-Blättern gemalten Buchstaben erschweren wird – aber ich greife vor.

Sabine war also schlecht in Französisch, überhaupt war die ganze Klasse schlecht in Französisch. »Üben, meine Damen, üben!«, beschwor die Lehrerin die Mädchen tagtäglich, was bei den jungen Damen zum einen Ohr hinein und zum anderen wieder hinausging. (An dieser Stelle muss erwähnt werden, dass es sich bei Sabines Schule um ein reines Mädchengymnasium handelte, was möglicherweise auch dazu beitrug, dass Sabine in Sachen Amour noch nicht sehr bewandert war.)

Üben, predigte Frl. Rommel also, »… und hören Sie Radio, wir leben nahe dem Elsass, da empfangen Sie französische Sender. Und lesen Sie! Lesen Sie Racine! Voltaire! Frankreich besitzt so wundervolle Klassiker!«

Racine! Voltaire! Die Ohren der Mädchen standen auf Durchzug, und bei der nächsten Klassenarbeit hagelte es wieder einmal Vierer und Fünfer.

Sabine schrieb eine Fünf.

An jenem Nachmittag, als sie missgelaunt von der Schule nach Hause radelte, das Arbeitsheft mit der dicken, fetten Fünf in der Mappe – die hätte die doofe Kuh auch etwas dezenter schreiben können! – an jenem Nachmittag also schien die Sonne – la soleil oder le soleil? – strahlend vom blauen Himmel, und in allen, na gut, nicht in allen, aber bestimmt in fünf oder sechs Fenstern der Mannschaftszimmer der französischen Kaserne hockten junge Soldaten und schauten zur Straße hinaus. Eigentlich saßen dort fast immer Soldaten und guckten nach hübschen Mädchen, aufregenden Frauen und Gymnasiastinnen auf Fahrrädern. Normalerweise achtete Sabine nicht auf sie. Heute aber war nicht normalerweise, heute war einfach nur beschissen.

Eure beschissene Sprache! Wenn ich sitzenbleibe, seid ihr schuld.

Sie feuerte wütende Blicke auf die Reihe der lässig in den Fensterrahmen hängenden uniformierten Jünglinge. Und da hatte einer sogar noch die Frechheit, ihr zuzuwinken!

»Blöder Kerl«, zischte sie, als sie vom Rad abstieg und es in den Vorgarten schob. »Bild' dir nur nichts ein!«

Sie stellte das Fahrrad so an die Hauswand, dass sie, wenn sie sich bückte, um das Schloss abzuschließen, und dann wieder hochkam, die Mannschaftszimmer schräg gegenüber auf der anderen Straßenseite im Blick hatte. Da saß er doch noch immer, dieser dreiste Kerl, und schaute zu ihr herüber. Er hatte dunkle Haare.

Auch am nächsten Tag saß der Dunkelhaarige wieder am Fenster, als sie um dreizehn Uhr dreißig von der Schule zurückkam, und ebenso am übernächsten Tag und am überübernächsten Tag. Er winkte jedes Mal, und sie tat jedes Mal so, als ob sie es nicht sehen würde. Wink du nur, um mich zu beeindrucken, musst du dir schon ein bisschen mehr einfallen lassen.

Aber dann, am Tag darauf, es war ein Freitag, blieb das Fenster geschlossen, und Sabine ertappte sich dabei, dass sie sich fragte, wo er abgeblieben war. Es dauerte vier Tage, bis sie ihn wieder sah, aber nicht um halb zwei nach der Schule, sondern spät am Nachmittag gegen fünf. Das Fenster in ihrem Zimmer, einer Mansarde unterm Dach, ging in Richtung Kaserne. Und da es Sommer war und es warm, sehr warm machte – il faisait chaud, très chaud –, hatte Sabine es weit geöffnet und sich auf die Fensterbank gesetzt, um auch so braun zu werden wie Patricia aus der Parallelklasse, die immer herumlief, als käme sie geradewegs aus Italien. Niemand wusste, wie sie das machte.

Sabine hatte es sich also auf der Fensterbank bequem gemacht, mit dem Rücken an den einen Rahmen gelehnt und die Füße gegen den anderen gepresst, und zählte die Fenster der Kasernenmannschaftszimmer ab (seines war das dritte von rechts im zweiten Stock), als er genau in diesem Augenblick (und etwas machte hupps in ihr) die beiden Fensterflügel aufriss, sich hinauslehnte und die Straße hinunterblickte, in die Richtung, aus der sie sonst aus der Schule zu kommen pflegte.

Hier oben bin ich, du Blödmann.

Es dauerte geschlagene zwei Minuten, bis er sie entdeckte. Er schaute herüber, dann wieder weg, dann wieder zu ihr.

Ja, ich bin's! Sie wurde ungeduldig.

Doch da winkte er schon. Endlich begriffen! Sabine kniff die Lippen zusammen, um nicht triumphierend zu grinsen – und winkte zurück. Das heißt, sie winkte nicht wirklich, sie hob einmal kurz den linken Arm, der soll sich nur nichts einbilden.

Eine viertel Stunde hielten sie es so aus miteinander, er dort, sie hier, dann hob der Dunkelhaarige in der schicken hellbraunen Sommeruniform der französischen Armee beide Hände hoch in die Luft, sprang vom Fensterbrett, schien mit den Schultern zu zucken, wie um zu sagen, tut mir leid, und schloss das Fenster.

Sabine blieb noch eine Weile sitzen, dann rutschte auch sie von der Fensterkante herunter, stellte ihr kleines Radio an, das ihr Vater ihr geschenkt hatte, und suchte auf Langwelle einen französischen Sender, das Elsass war ja nah! Bei »Salut les copains« hielt sie an. Sie verstand kein Wort, aber die Musik war gut.

Der ollen Rommel werd' ich's zeigen!

Und dann setzte sie sich an ihren Schreibtisch und begann die Buchstaben des Alphabets auf DIN-A4-Blätter zu malen, große Buchstaben mit dicken Balken, so dick und fett, dass man sie über die ganze Straße hinweg, geschätzte, hm, zwanzig Meter Luftlinie?, würde lesen können.

Drei Tage später war Premiere. Jetzt oder nie, dachte Sabine, eine passendere Gelegenheit würde es nicht mehr geben. Ihre Schularbeiten waren erledigt – im Eiltempo – , das Wetter war schön, machte schön, ihre Mutter nicht zu Hause, und der Dunkelhaarige saß im Fenster, als Einziger an diesem Nachmittag, und hatte schon rüber gegrüßt. Unnötig zu erwähnen, dass Sabine das Herz bis zum Hals klopfte, unnötig auch zu erwähnen, dass ihr die Hände zitterten, als sie das erste Blatt mit dem Buchstaben B hochhob. An seiner Reaktion merkte sie, dass er es lesen konnte. Jetzt gab es kein Zurück mehr:

Es folgte O, dann N-J-O-U-R.

Sabine war schlecht, ihr Magen rebellierte. Was würde er machen? Er hob beide Arme und drehte die Hände. Sabine atmete auf – und machte weiter:

J-E M-, verflixt, sie hatte nicht an die Apostrophs gedacht, Scheiß-Sprache, aber das half jetzt auch nichts. Mit der Hand zeichnete sie ein Apostroph in die Luft. Dann kamen: A-P-P-E-L-L-E S-A-B-I-N-E E-T T-O-I, wonach sie mit der Hand ein großes Fragezeichen malte.

Warte!, gab ihr der Dunkelhaarige wild gestikulierend zu verstehen und verschwand im Innern des Raums. Und wenn er sich jetzt krumm lachte über sie und vor seinen Zimmergenossen mit seiner Eroberung prahlte? Aber nach ein paar Minuten kam er zurück, wedelte mit bunten Blättern, und Buchstabe für Buchstabe entzifferte Sabine seinen Namen:

P-I-E-R-R-E.

Dann winkte Pierre, zeigte auf seine Armbanduhr, deutete Essen an und warf ihr eine Kusshand zu.

Nee, dachte Sabine, so schnell schießen die Preußen nicht.

Ich denke mir, Sie denken jetzt, was ich denke: Das ist ja genauso wie heute! Das ist ja genau das, was Chantal,

Nora, Ayse, Nico, Elis und Murat machen. Die tippen Buchstaben in ihre Handys, und heraus kommen Wörter. Nur Datenschutz gab es damals in den 60ern des vergangenen Jahrhunderts noch nicht. Jeder konnte mitlesen, Pierres Kameraden und Sabines Nachbarn, vorausgesetzt, sie verstanden Französisch.

Und so erfuhren vermutlich alle, dass Pierre aus Bordeaux ... - sehen Sie, da haben wir das blöde e-a-u, noch dazu mit einem x am Ende! Das brauchte vier Blätter und eine gefühlte Ewigkeit, bis Sabine kapierte, dass Pierre aus Bordeaux kam und nicht aus einem Ort namens Bord-e-a-u-x oder so ähnlich. Und die halbe Kaserne kriegte mit, dass Sabine am Wochenende eine Radtour nach Straßburg machen würde und Pierre ein Fan von Françoise Hardy war. (Hier muss ich nun aber Sabines Nachbarn ein großes Lob aussprechen. Sie müssen sich in jenen heißen Sommertagen alle die Augen zugehalten haben. Denn nie, wirklich nie, hatte Sabines Mutter ihre hoffnungsvolle Tochter auf diese ungewöhnliche Fernkommunikation hin angesprochen. Die Menschen scheinen doch weniger zu tratschen, als man gemeinhin glaubt.)

Aber Sie wollen nun wahrscheinlich wissen, wie das mit der Kusshand weiterging.

Deprimierend, kann ich Ihnen sagen, wirklich deprimierend. Sabine hat es mir selbst erzählt. »Stell dir vor«, hat sie gesagt, »da haben wir uns nach zwei Wochen endlich per hochgehaltenen DIN-A4-Blättern verabredet – um siebzehn Uhr am Haydnplatz –, und als ich dorthin kam, sah ich in der Ferne so einen französischen Soldaten am Brunnenrand stehen, die durften ja damals nur in Uniform ausgehen, die Armen. Ich dachte also, das muss er sein, so dunkel wie dem seine Haare waren. Du glaubst nicht, wie nervös ich war. Aber als ich fast schon vor ihm stand, da war der ganz rot im Gesicht. Und hässlich! Und außerdem hatte er Pickel. Da bin ich an ihm vorbeigegangen, als wenn ich nicht ich wäre. Zu Hause hab' ich ein bisschen geweint, dann die Buchstaben zerrissen und den französischen Sender angemacht. Salut, sagte der Ansager, das war das Einzige, was ich verstand, und sitzengeblieben bin ich in dem Schuljahr auch. Wegen Französisch.«

Das Ende gefällt Ihnen nicht? Eh bien, wenn Sie es anders mögen – gern. So vielleicht?

Sabine ging also zum Haydnplatz, um siebzehn Uhr, und da lehnte ein französischer Soldat in Ausgehuniform am Brunnenrand, und sie dachte, das muss er sein, groß, schlank, aufregend. Zuerst standen sie ein wenig verlegen voreinander, Sabines Hände wurden feucht, sie stotterte, merkte, dass Französisch sprechen noch viel schlimmer war als über die Straße hinweg schreiben, und sein Deutsch konnte man ohnehin vergessen. Dann aber gingen sie miteinander Eis essen, Vanille, Erdbeer und Schokolade – vanille, fraise et chocolat –, und Pierre bezahlte. Er hatte bis sieben Uhr abends Ausgang und begleitete sie vorher noch zurück nach Hause. Aber nur fast, denn die Nachbarn könnten ja sehen, wie Sabine –

olala! – händchenhaltend mit einem französischen Soldaten ankam. Bedenken Sie, der Krieg war erst zwanzig Jahre zuvor zu Ende gegangen, und die Franzosen waren schließlich seit jeher auf die Rolle des Erzfeinds festgelegt. Bevor die beiden sich also eine Ecke vorher trennten an diesem Abend, drückte Pierre Sabine einen Kuss auf die rechte Wange, und sie hatten beide knallrote Gesichter, vielleicht wegen der Augusthitze.

Von nun an trafen sie sich regelmäßig. Immer gingen sie gemeinsam Eis essen – vanille, citron, noisette –, danach spazierten sie durch den Schlosspark und den Hardtwald, fütterten die Eichhörnchen – les écureuils –, und Pierre brachte Sabine die Konjugationen der unregelmäßigen französischen Verben bei, vor allem aber die des Wörtchens aimer: Je t'aime, tu m'aimes, il l'aime. Et toi, est-ce que tu m'aimes? Oui, je t'aime. Ah, nous nous aimons! Am Ende des Jahres bekam Sabine in Französisch im Zeugnis eine Zwei und blieb nicht sitzen. Die Buchstabenblätter steckte sie in einen roten Umschlag mit Herzchen und verwahrte das Päckchen zwischen Racine und Voltaire im Bücherregal, wo es noch heute steht, ich hab's mit eigenen Augen gesehen.

Jetzt ist die Geschichte wirklich zu Ende. Ich könnte Ihnen nur noch erzählen, dass Pierre und Sabine irgendwann heirateten und Kinder bekamen – und dass sie hin und wieder wehmütig beobachten, mit welcher Geschwindigkeit heute die Verliebten j-e t – Apostroph – a-i-m-e, je t'aime, in ihre Handys und Smartphones tippen. Die Zeiten ändern sich und mit ihr die Technik, aber die Liebe, die bleibt dieselbe.

Und jetzt wissen Sie, warum Sie sofort, am besten noch heute anfangen sollten, Französisch zu lernen. Man kann ja nie wissen.

Entwicklungshilfe oder der Traum von Weihnachten

Sie wollen wissen, warum ich noch immer in diesem gottverdammten, heißen, staubigen Drecknest sitze?

Manchmal frage ich mich das selbst.

Es gibt Leute, die behaupten, dass, wenn man einmal in Afrika war, man nie mehr davon loskommt. Der Kontinent halte einen fest wie ein tausendarmiger, klebriger Krake. Vielleicht ist es so.

Angefangen hat alles vor ungefähr acht Jahren. Ich habe damals im Entwicklungsdienst gearbeitet. Nein, nicht was Sie jetzt denken: Ärzte ohne Grenzen, Brot für die Welt, Ein Herz für Afrika oder so was. Nein, ich bin kein Idealist.

Ich bin Ingenieur und habe damals hier in Burkina Faso, in Ouagadougou, die Kläranlage mit aufgebaut. Zugegeben ein übel riechendes Projekt, aber man sieht am Ende, was dabei herauskommt – klares Wasser! Und das hier, mitten in der Wüste – das gibt eine gewisse Befriedigung. Ich glaube, das kann nicht jeder von seiner Arbeit behaupten.

Also, gerissen habe ich mich nicht um diesen Job. Aber irgendwann kam mein Chef zu mir und meinte, ich wäre der richtige Mann für diese Arbeit. Wahrscheinlich glaubte er es, weil ich einmal in Afrika war, auf einer Wein-und-wilde-Tiere-Tour in den Hügeln vor

Kapstadt. Als er mir mein Gehalt verdoppelte und mir Fotos von der Firmenvilla in der Hauptstadt zeigte, in der ich wohnen sollte, sagte ich zu. Pech war, dass ich ausgerechnet an jenem Abend, als ich mich aus gegebenem Anlass im »Blue Melody« mit Champagner betrank und über meine Zukunft in der Sahara nachdachte, Cordula kennenlernte.

Es war der Freitagabend vor dem vierten Advent, und der Besitzer des »Blue Melody« hatte auf jeden Tisch leicht bekleidete, Kerzen haltende Engel platziert und über der Theke rote, blaue und weiße Adventskränze aufgehängt. Auf den farbigen Plastikzweigen schwebten nackte Putten und Nikoläuse im Bademantel, und die elektrischen Birnchen leuchteten abwechselnd in allen Farben des Regenbogens.

»Ist Weihnachten nicht wunderschön«, hauchte die Frau neben mir und schaute andächtig in die Lichter.

Cordula sah selbst aus wie ein Weihnachtsengel. Sie hatte lange blonde Locken und Augen so blau wie das Mittelmeer an einem wolkenlosen Wintertag. Sie war gut die Hälfte jünger als ich, aber das erhöhte den Reiz, Sie verstehen. Weihnachten verbrachten wir gemeinsam in der Schweiz, danach zog Cordula zu mir.

Zweieinhalb Monate später flog ich nach Afrika. Die Firmenvilla erwies sich als marode, der Garten war in einem desolat vertrockneten Zustand, aber dank Cordulas Geschäftssinn – sie arbeitete in einer renommierten internationalen Spedition – bekam ich schneller als andere Weißnasen aus Europa geliefert, was ich zur Renovierung des Hauses benötigte: erlesene Fliesen für die zwei Badezimmer, Terracottaböden für das Erdgeschoss und die Terrasse, italienische Wasserhähne, eine Küche aus Edelstahl. Maimouna, meine schwarze Köchin, strahlte. So mache das Kochen viel mehr Spaß als mit der dreisteinigen Feuerstelle auf dem Lehmboden im Hof. Ich gab ihr einen Monatslohn extra, und sie schleppte daraufhin ihre halbe Familie an, die sich im Schuppen hinter der Garage einnistete und sich anschickte, den Garten zum Blühen zu bringen, dem Wüstenklima zum Trotz. In den ersten sechs Monaten verbrauchten sie mehr Wasser für Blumen, Rasen und Bananenstauden als zweihundert Familien in einem der traurigen Bretterviertel von Ouagadougou in einem ganzen Jahr.

Übrigens fiel mir später auf, dass Maimouna und ihre Familie sich mit der Zeit den Schuppen komfortabel umgebaut, ausgebaut und eingerichtet hatten – unter anderem mit Fernseher, Stereoanlage und einer Geschirrspülmaschine. Das Wasser dazu kam aus meinem Haus, und einen Gutteil davon verkauften sie überdies an die Nachbarschaft. Natürlich zu einem weit niedrigeren Preis, als es die burkinabischen Wasserwerke taten. Nebenbei gesagt, ich hatte schon früh dafür gesorgt, dass ich als Mitarbeiter dieses illustren Unternehmens keine Wasserabrechnung bekam. Aber Sie müssen mir versprechen, dass das unter uns bleibt!

Ich glaube, ich freute mich in diesem Jahr zum ersten Mal, seit ich erwachsen war, auf Weihnachten. Denn Cordula wollte kommen. Und bleiben!

Einen Tag vor ihrer Ankunft fiel es mir siedend heiß ein: Ich hatte kein Adventsgesteck, keinen Weihnachtsbaum, keine Christbaumkugel. Nichts. Nichts erinnerte in dieser trostlosen Stadt, wo der rote Saharastaub sich in jede Ritze drängt, die Bronchien reizt und die Augen entzündet, auch nur im Entferntesten an die Weihnachtsstimmung im »Blue Melody«. Wehmütig dachte ich an die mittelmeerblauen Augen, in denen sich die bunten Adventskränze widergespiegelt hatten, und an unser erstes gemeinsames Fest im verschneiten Lausanne.

Es war kurz vor halb sieben, als ich an diesem Abend von der Arbeit nach Hause fuhr. Die Dunkelheit, die auf dem zwölften Breitengrad Tag für Tag pünktlich um achtzehn Uhr hereinbricht, war das Einzige, das halbwegs an einen ordentlichen deutschen Winterabend erinnerte. Die Klimaanlage im Auto lief auf Hochtouren, das zweite Hemd, das ich mir nach dem Mittagessen angezogen hatte, war längst wieder verschwitzt, Radio Neunundneunzig Komma Fünf spielte grölenden Funk. Die Scheinwerfer, die der Torwächter der Kläranlage am Nachmittag noch mit einem Lappen abgewischt hatte, waren schon wieder mit einer dicken Erdschicht bedeckt und drangen kaum weiter als zwei Meter durch den in der spärlich beleuchteten Avenue Charles de Gaulle wabernden Dunst. Es störte mich nicht, konnte man doch ohnehin nur Schritt fahren. Ich hatte Zeit, meinen weihnachtlichen Gedanken nachzuhängen. Da klopfte es ans geschlossene Autofenster.

Einer der unzähligen Straßenhändler, die nie müde wurden, zwischen den Stoßstange an Stoßstange dahin kriechenden Autos herumzuwieseln, grinste mich freundlich an und deutete auf seine Ware. Jetzt erkannte ich, was er feilbot: einen von graurotem Wüstensand überpuderten Weihnachtsbaum, dessen Plastiknadeln schlapp herabhingen. An seinen müden Zweigen hingen fünf armselige Kugeln, die einmal goldfarben gewesen sein mochten. Eine einsame bleiche Papierspirale baumelte von der Spitze herab. Ich schüttelte den Kopf und rückte in der Schlange fünfzig Zentimeter weiter.

Doch ein Straßenhändler in Ouagadougou gibt nicht so schnell auf. Beim übernächsten Stopp ließ ich mich überreden und drehte das Fenster herunter. Gemeinsam mit der stickigen heißen Luft drang das Plastikgebilde in mein Auto.

»Monsieur, nur 10 000 Francs CFA, mit allen Kugeln.«

Der junge Mann hatte eine angenehme Stimme, die zu überzeugen verstand. Trotzdem wies ich sein Angebot zurück.

»Aber der Baum ist echt, glauben Sie mir! Ich gebe Ihnen auch noch zwei Kugeln extra.«

Wieder schmeichelte die Stimme, sie klang wie nachtdunkler Samt. Während ich in der Autoschlange langsam weiterrollte, handelten wir hartnäckig um den Preis des Prachtstücks. An der Kreuzung Charles de Gaulle, Avenue Lumumba waren wir uns einig. Ich drückte ihm 6000 Francs CFA in die Hand, dafür legte er mir das staubige Baumgerippe auf den Rücksitz meines Autos und alle Kugeln, die er noch in seinem Rucksack hatte.

»Wenn Sie noch mehr brauchen, Monsieur, fragen Sie einfach nur nach Malik, jeder kennt mich.«

Zuhause stellte ich den traurigen Baum unter die Dusche, schmückte ihn mit den Kugeln, die Maimouna in der Zwischenzeit gewaschen und hingebungsvoll poliert hatte, schnitt aus den Werbeseiten der letzten »Spiegel«- und »Stern«-Ausgaben, die Woche für Woche in der kleinen deutschen Gemeinde Ouagadougous von Hand zu Hand weitergereicht werden, papierne Nikoläuse, Engel, Pralinenschachteln, Perlenketten, Kerzen, Parfumflakons, Spitzendessous, Eisbären und Schneemänner aus und hängte die bunten Bildchen in die Plastikzweige. Unterm Baum aber, in einer Kokosnussschale, lag ein glitzerndes Brillantcollier. Ein echtes. Das erste Weihnachten in Ouagadougou mit meinem Engel wurde ein voller Erfolg.

Drei Wochen nach Weihnachten, als Cordula und ich gerade aus der Ausfahrt unserer inzwischen prächtig herausgeputzten Villa herausfuhren, um ein paar Besorgungen zu machen, stand der Weihnachtsbaummann mit Osterschmuck vor der Tür. Er erkannte mich sofort wieder, und als Cordula unklugerweise lobte, wie schön das Plastikkunstwerk geworden sei, klingelte er am nächsten Morgen wieder und bot uns fünf weitere Bäume an.

Da kam Cordula die Idee.

Innerhalb von vier Monaten hatte sie mit Hilfe von Malik eine Produktionshalle und Hunderte von Weihnachtsbäumen organisiert. Cordula stellte zehn Frauen ein, die die aus Hongkong und Shanghai importierten Weihnachtskugeln und anderen Schmuck putzten und aufhängten und die Bäume danach sorgfältig in große Blumenkartons mit transparenten Deckeln packten und vor allem staubdicht verschlossen. Ein Patent von Cordula.

Ich habe es bereits gesagt: Ich bin kein Idealist, halte nichts von Bleistiftsammlungen für Grundschulen und Adventssingen für ein Buschkrankenhaus. Wenn aber jemand wirtschaftlich denken kann, klug und besonnen ist und obendrein weiß, wie er die richtigen Beziehungen zu den einheimischen Behörden aufbaut, dann bin ich gern bereit, mich mit meinem Geld zu engagieren. Und Malik entpuppte sich als förderungswürdiger Junggeschäftsmann.

Bereits zum nächsten Weihnachtsfest, das der Gründung von »Maliks und Cordulas Weihnachtstraum«, kurz MaCo, folgte, bescherte uns der Christbaumverkauf eine prall gefüllte Kasse. Hotels und Restaurants rissen sich um die lieblichen und vor allem sauberen Gebilde. Das einzige Kaufhaus am Ort und die Supermärkte boten MaCo-Weihnachtsbäume an und aus dem ganzen Land kamen Europäer, um sich ein wenig Weihnachten, X-mas oder Noël an den Swimmingpool und ins Wohnzimmer zu holen. Erste Anfragen trafen aus dem Nachbarland Ghana ein.

Nun ging die Weihnachtsbaumproduktion erst richtig los. Cordula ließ Plastikweihnachtsmänner in unterschiedlichen Größen und Engel mit Rauschehaar einfliegen. Malik experimentierte mit verbesserter Baumqualität und einem auf Knopfdruck selbst-schneidenden Exemplar. Es gab Bäumchen für Kindergartenkinder mit Rentieren und Eisenbahnen, rot-violette Bäume für die Pop- und HipHop-Jugend mit den Konterfeis ihrer singenden Idole in silbrigen Sternenrähmchen. Weihnachtsfestfanatiker der nigerianischen Mafia wünschten sich Bäume mit vergoldeten Champagnerflaschen und in Spitze eingewickelten Perlenohrringen, und Kunden in Südafrika, bis zu denen der Ruf von »Maliks und Cordulas Weihnachtstraum« bereits gedrungen war, bestellten Bäume in den nationalen Regenbogenfarben. An deren Ästen hingen schwarze, weiße und indisch aussehende Püppchen.

Der entscheidende Durchbruch kam im dritten Jahr. Auf besonderen Wunsch des einzigen evangelischen Pfarrers in ganz Burkina Faso hatte unsere Firma einen Baum mit kleinen, aufwendig bemalten Bibeln und Gesangbüchern dekoriert, die »Stille Nacht, heilige Nacht« spielten, wenn man sie öffnete. Später kamen noch »Vom Himmel hoch« und »O Tannenbaum« hinzu, sodass, wenn die Gemeinde alle Weihnachtsbaumbüchlein geöffnet hatte, die kahle Ziegelsteinkirche in der Rue Martin Luther von einem fröhlichen, sich immer wiederholenden Gesinge erfüllt war. Nach einer zunächst erstaunten und dann andächtigen Stille fielen die Gläubigen inbrünstig ein, je nach Geschmack und Schulkenntnissen in das eine oder das andere Lied und jeder in seiner eigenen Muttersprache, was bei der großen Sprachenvielfalt in Burkina Faso einen wahrhaft babylonischen Klangteppich auslöste. Am Ende des Gottesdienstes lagen sich alle Leute vor Rührung in den Armen, und das örtliche Unesco-Büro zeichnete den Weihnachtsbaum mit dem ‚Ersten Preis für Integrative Kulturprojekte zur Überwindung nationaler Gegensätze' aus. Der Kirchenweihnachtsbaum wurde ein solcher Erfolg, dass zahlreiche Gemeinden in Afrika, Asien und Lateinamerika erst zwei Jahre nach ihren Bestellungen beliefert werden konnten.

MaCo hatte sich zu einem stattlichen Unternehmen mit fünfhundert Arbeitern und Angestellten entwickelt und gehörte damit zu den besten Steuerzahlern im Lande. Wir ließen unser Badezimmer mit Carrara-Marmor täfeln und in den Pool im Garten eine Gegenstromanlage einbauen. Malik war mit seinem Bruder in die verlassene Villa des früheren sowjetischen Botschafters gezogen und fuhr einen Mercedes. Er und Cordula entwickelten immer neue Ideen für neue Christbäume. Nach dem schneienden und dem singenden Weihnachtsbaum sollte nun der duftende Baum auf den Markt kommen. Nach echten Tannen müsse er duften und nach deutschem Weihnachtsgebäck, meinte Cordula voller Sehnsucht. Damit Malik den richtigen mitteleuropäischen Dezember-Weihnachtsgeruch mit der ganzen heimeligen Gefühlsduselei einfangen und in seinem Labor vollendet imitieren könnte, musste er natürlich nach Europa, und Cordula begleitete ihn.

Sie kamen nicht mehr zurück.

Wie mir sein Bruder erzählte, war Malik von der deutschen Weihnacht und vor allem vom Geruch echter Nadelbäume so fasziniert, dass er sein ganzes Geld, das er längst in der Schweiz und in Luxemburg deponiert hatte, in ein Restaurant in Garmisch-Partenkirchen investierte und es gemeinsam mit Cordula zu einem Fünf-Sterne-Restaurant aufzog. Inzwischen geht das Lokal so gut, dass die beiden sich ein Haus am Hang mit unverbaubarem Blick auf die Berge kaufen konnten. An Weihnachten aber verzaubert Malik seine Gäste mit goldenen und silbernen Traumdekorationen, die direkt vom Himmel zu kommen scheinen. Und auch sein Versandgeschäft boomt nach wie vor. Für eine verwöhnte Kundschaft in aller Welt kreiert Malik immer wieder neue, fantasievolle, teure bis teuerste Weihnachtsbouquets aus den edelsten Tannen Europas. Per Luftfracht werden sie in Spezialverpackungen in die entferntesten Winkel dieser Erde versendet. Das neue Firmenlogo – ein Diamantstern am Tannenzweig. Das bringt selbst die kältesten Herzen der Reichen zum Schmelzen.

Wahrscheinlich hätte ich in meinem Alter nicht mehr an Weihnachtsengel glauben dürfen, auch dann nicht, wenn sie blond sind und Augen haben so blau wie das Mittelmeer an einem klaren Wintertag. Immerhin ist mir die nette kleine Villa geblieben, die ich meiner alten Firma inzwischen abgekauft habe, und so sitze ich also noch immer hier in Afrika mit Cordulas und Maliks alter Weihnachtsbaum-Fabrik an der Hacke, in der ja schließlich auch mein Geld steckt. Sie erzielt für afrikanische Verhältnisse zufriedenstellende Umsätze, und so habe ich meinen Job bei der Kläranlage an den Nagel gehängt und Maliks Bruder als Geschäftsführer der neuen MaCo eingesetzt. Er macht sich nicht schlecht, aber das traumtänzerische Talent seines Bruders besitzt er nicht.

Ich bin jetzt über sechzig und ein wenig müde. Als Maimouna, deren Mann vor fünf Monaten gestorben ist, vorschlug, aus dem Schuppen ins Haus ziehen zu wollen, weil so der Haushalt leichter zu erledigen sei, hatte ich nichts dagegen. Maimouna ist ruhig und lacht gern. Und sie ist auf angenehme Art wundervoll rund und weich. Vor ein paar Tagen haben wir das erste Mal gemeinsam gekocht, und als ich gerade ein wenig Amarettolikör über die Orangennachspeise tröpfelte, fragte sie mich nach Kuchenrezepten aus Europa. In der Nähe der französischen Botschaft, in einem Viertel mit kaufkräftiger Laufkundschaft also, habe sie ein leeres Ladengeschäft entdeckt; man könne daraus bestimmt eine kleine, aber feine Konditorei machen. Für neureiche Afrikaner, Weltbank-Banker in grauen Nadelanzügen und – ja warum auch nicht?! – für heimwehkranke Entwicklungshelfer.

Maimouna hat Recht. Das Leben geht weiter, und so schlecht wohnt es sich hier nun auch wieder nicht, in diesem gottverdammten, heißen, staubigen Ouagadougou.

Ich denke, zum nächsten Weihnachtsfest werde ich Maimouna mit einem hübschen Ring überraschen, Perlen und Rubine in Gold. Er könnte an einem von Maliks traumhaften Gestecken aus Nordmanntanne mit versilbertem Zedernzweig hängen. Er wird mir bestimmt einen guten Preis machen.

Afrikanisches Souvenir

Es zeugte nicht gerade von political correctness, dass ich, als es an der Haustür läutete und der schwarze Briefträger davorstand, unvermutet die Schokoladentorte meiner Großmutter auf der Zunge spürte, und der himmlisch süße Geschmack sich im Mund ausbreitete wie eine watteweiche Sommerwolke, auf der kleine Englein sangen. Aber so war es.

Ich musste ihn wohl aus selig verträumten Augen angeschaut haben, den Briefträger, denn sein Mund verzog sich zu einem breiten Grinsen, sodass, ich schäme mich, es zu sagen, wirklich und wahrhaftig eine Reihe strahlend weißer Zähne aufblitzte.

Es kam mir vor wie eine Ewigkeit, dass wir so dastanden, er draußen auf dem Gartenweg, ich zwei Stufen über ihm im Türrahmen, aber in meinem Kopf rannte ich längst schon durchs ganze Haus, um alle nur denkbaren Schubladen und Truhen zu durchwühlen, in denen das dicke Rezeptbuch meiner Großmutter aufbewahrt sein könnte. Endlich nahm ich ihm die zwei Briefe ab, die er mir die ganze Zeit schon geduldig entgegenstreckte. »Einen schönen Tag noch«, sagte er, und als er sprach, hörte es sich so an, als ob er in Hamburg groß geworden sei. Er tippte mit der Hand grüßend an seine weiße Kappe.

»Wo ist denn Ihr Kollege, der sonst immer kommt?«, fragte ich und versuchte, meine Verlegenheit zu überspielen.

»Versetzt«, sagte er, »... von jetzt an mache ich die Louisendorf-Tour.« Er deutete auf das schwarz-gelbe Postmoped, das draußen auf der Straße stand. Ich nickte, und in diesem Augenblick fiel mir ein, dass Großmutters Kochbuch nur in der Piratenkiste liegen konnte, nach dem Gesetz der Wahrscheinlichkeit sicher ganz zuunterst. Ich nickte ein zweites Mal. »Ja, dann«, sagte ich, nun plötzlich ungeduldig. »Bis morgen.«

»Bis morgen«, antwortete er und winkte, während er zurück zur Straße ging.

Ich raste die Treppe zum Speicher hoch. Seit ich vor vier Monaten nach dem Tod meiner Großmutter hier eingezogen war, hatte ich nur einmal unterm Dach nach dem Rechten gesehen und es dann vorgezogen, zuerst die Küche und die Zimmer im Erdgeschoss zu renovieren. Unmöglich, alles auf einmal machen zu wollen. Ich hatte einen zeitfressenden Job und mich überdies von den Louisendorfern überreden lassen, zweimal in der Woche für die große Heimatoper zu proben, die der Pfarrer zu Ehren seines Urahns, einem der ersten pfälzischen Siedler in der Gocher Heide, komponiert hatte. Und so sah der Speicher also immer noch so aus, wie ich ihn als Kind in Erinnerung hatte. In den Ecken stapelten sich Kisten und Körbe, alte Stühle, Klapptische, mittelalterliche Holzskier und ein vor sich hin rostender Christbaumständer. Unter einem Holzbalken hingen in einer abenteuerlichen Seilkonstruktion zwei Sportbogen. Über allem lag eine muffig riechende Staubschicht. Durch die beiden Dachluken fiel kaum Licht. Ich tastete mich vorsichtig dorthin, wo ich die Piratenkiste vermutete. Etwas streifte mein linkes Auge, ich zuckte zusammen, klebrige Spinnfäden verfingen sich in Wimpern und Haaren. Aufgeschreckt hangelte sich ein schwarzes Spinnenvieh an einem unsichtbaren Faden eilig in die Höhe und verschwand im Gebälk. Ich stieß mit dem Schienbein an einen niedrigen Holzschemel, und wieder hörte ich die Englein singen, aber jetzt verfluchte ich sie. Dann fand ich die Truhe, nach der ich gesucht hatte. Die Piratentruhe, wie wir Kinder sie nannten. Der schwere hölzerne Reisekasten meines Großvaters, den die Großmutter zweckentfremdet hatte, indem sie ihre kleinen und großen Geheimnisse darin verstaute und nach dem überraschend frühen Tod ihres Mannes auch all die Schätze, die er von einem jahrelangen Aufenthalt in Afrika mitgebracht hatte. Manchmal hatten meine Schwester und ich sie verstohlen geöffnet, dann schlug uns ein schwerer Hauch von Leder, Holz und stockfleckigen Tüchern, von Sandelholz und Mottenpulver entgegen. Begierig atmeten wir das seltsame Duftgemenge ein. So also roch Afrika.

Ich zog mir den schwarzen Hocker heran, über den ich eben gestolpert war, und öffnete vorsichtig die metallenen Verschlüsse der Truhe. Da war er wieder, dieser Geruch, und wie als Kind hörte ich wilde Hyänen heulen, Elefanten trompeten und Neger, die trommelten.

Meine Großmutter hatte immer Neger gesagt. Auch als wir ihr später erklärten, sie müsse Schwarze sagen oder Afrikaner, sagte sie immer noch Neger. Sie verstand unsere Argumentation nicht. »Indianer sind Indianer, und Neger sind Neger und Weiße Weiße. Wo ist das Problem? Vor Gott sind wir alle gleich.« Dann wechselte sie das Thema und erzählte uns Geschichten aus Afrika, so, wie sie sie von ihrem Mann, unserem Großvater, gehört hatte, der, wie ich schon sagte, viel zu früh und ohne Vorankündigung tot von eben diesem Schemel fiel, auf dem ich gerade saß und mein schmerzendes Schienbein rieb.

Für einen Moment fühlte ich mich ungemütlich. Der Großvater war nicht der Einzige, der auf diesem Hocker – wie soll ich es sagen? – zu Schaden gekommen war. Da war noch der tragische Unfall des kleinen Bernhard. Mein Herz klopfte, aber ich blieb sitzen. Schließlich waren meine Schwester und ich, wenn auch heimlich, ohne dass meine Großmutter es merkte, als Kinder ständig auf diesem Hocker herumgerutscht, und nie war uns etwas passiert. Mein Großvater hatte ihn aus Afrika mitgebracht, einen Sitz aus einem einzigen Stück Holz gearbeitet, ein sogenannter stool vom Volk der Ashanti in Ghana, wie die Großmutter wusste. Sie sagte s-tuul mit s-pitzem S-tein wie die Hamburger, aber es sei eben kein normaler Stuhl, das könne man ja sehen, sondern eben ein stool, wie die Engländer sagten. Um genau zu sein: Es sei einmal der Thron eines großen Häuptlings gewesen. Wir Mädchen liebten seine ungewöhnliche Form und die geheimnisvollen Schnitzereien im Sockel und saßen mit gebügelten weißen Kleidchen und Schleifen im Haar abwechselnd oder dicht aneinandergedrängt auf seiner rechteckigen Sitzfläche mit den hochgebogenen Enden und waren schwarze Prinzessinnen.

Ich begann, die Truhe auszuräumen. Obenauf lagen die Dinge, die ich kannte, Armreifen, Holzschalen, Masken, ein paar Tonköpfe, einige davon beschädigt. Viele kleine bronzene Figuren, meist Salamander oder Vögel. Goldgewichte. Und jede Menge bunter Stoffe, in die wir Kinder uns einwickeln durften. Und dann sah ich es: Großmutters handgeschriebenes Kochbuch, zerfleddert, aber liebevoll mit einem dunkelblauen Geschenkband zusammengehalten. Daneben die verschrumpelte Kakaofrucht, die in unseren Kinderspielen immer zu einem Schrumpfkopf aus dem Amazonas oder dem wilden Borneo mutierte. Ich war gerührt, dass es sie noch gab, auch wenn die Frucht noch kleiner und noch schrumpeliger war, als ich sie in Erinnerung hatte. Ich hielt sie an mein Ohr und schüttelte sachte. Drinnen klapperten die längst vertrockneten Bohnen.

Ich nahm das Kochbuch, steckte die rasselnde Frucht in meine Jackentasche und wollte schon die Truhe schließen, als mein Blick auf einen ebenfalls mit einer Schnur umwickelten Packen Schreibhefte fiel. Die Tagebücher meiner Großmutter. Hin und wieder hatte ich sie darin schreiben sehen. Ich zögerte nur einen Moment, dann klemmte ich sie mir unter den Arm und packte kurz entschlossen auch unseren Kinderprinzessinnenthron, um ihn mit hinunter in die Küche zu nehmen.

Es dauerte nicht lange, und ich hatte das Kuchenrezept gefunden, entdeckte dunkle Schokolade in der Süßigkeitenschublade, holte eine Schüssel und Großmutters noch immer halbvolle Flasche Zuckerrohrschnaps und fing an. Während ich den Kuchen zubereitete, kamen die Erinnerungen. Kaum zu glauben, was die Begegnung mit einem Briefträger so alles auszulösen vermochte.

Ich hatte nie verstanden, warum mein Hamburger Großvater mit seiner großstadtverwöhnten jungen Frau in das nur ein paar Hundert Seelen kleine Louisendorf aufs flache Land irgendwo zwischen Kleve, Kalkar und Goch zog. Aber er hatte es getan, wie er anscheinend immer alles getan hatte, was ihm in den Sinn kam, und so waren wir Mädchen dazu verdonnert, in den Ferien oder an Weihnachten zur Großmutter ins langweilige Louisendorf zu fahren. Nichts reizte uns an diesem übersichtlichen, auf dem Reißbrett entworfenen quadratischen Dorf, das aus nur vier Straßen bestand und der in der Mitte auf einem winzigen Hügel stehenden evangelischen Elisabethkirche. Kein Hafen mit Überseeschiffen, keine Flanierboulevards mit Lichtspieltheatern, keine Buden mit Himbeerbonbons. Die eigenartige schlichte Schönheit dieses Orts begriff ich erst, als ich Großmutters Häuschen erbte und damit Teil eines Gesamtdenkmals wurde.

Immerhin tröstete uns Großmutters Schokoladenkuchen über die öden Ferienwochen hinweg. Der Kuchen, der afrikanische Prinzessinnenthron auf dem Speicher, der falsche Schrumpfkopf und die Erzählungen der Großmutter. Während ich bei ihr in der Küche auf dem Fensterbrett saß, zerbröckelte sie über einem Topf mit Butter zuerst den Block schwarzer Schokolade. Aus Ghana musste sie sein, zumindest aber aus Afrika. Der Großvater ließ sich das Einwickelpapier zeigen, ob die Großmutter sich auch an seine Befehle gehalten hatte, was jedoch in den damaligen wirtschaftlichen Zeiten und obendrein in einem Kaff wie Louisendorf gar nicht so einfach war. Konnte sie nicht den Beweis erbringen, dass die Schokolade aus Afrika war, aß er den Kuchen nicht und sprach drei Tage lang kein Wort mit ihr. Sie lachte immer leicht verkniffen, wenn sie daran dachte. Ohne dass ihr Mann es merkte, aber zur großen Freude ihrer Nachbarn, verteilte sie dann den Kuchen im ganzen Dorf.

Ich hasste meinen Großvater für das, was er meiner Großmutter angetan hatte, aber dann schaute ich ihr weiter zu, wie sie Bananen in Würfel schnippelte, Eier in die Schokoladenmasse rührte, Zimt hinzugab und zum Schluss mehrere Esslöffel einer wasserklaren Flüssigkeit. Einmal ließ sie mich davon kosten. Nur einen Tropfen. Es schmeckte abscheulich, mich schüttelte. Zuckerrohrschnaps, erklärte die Großmutter, im Kuchen wirst du nichts davon spüren. Aber ohne ihn würde etwas fehlen.

Als ich jetzt mit meinem Teig fertig war und die Backform in den heißen Ofen geschoben hatte, säuberte ich den schwarzen Hocker mit einem feuchten Tuch, machte mir eine Tasse Kaffee und begann im Tagebuch meiner Großmutter zu blättern.

Es war an einem Freitag im Dezember des Jahres 1947. Meine Großmutter war im dritten Monat schwanger mit dem ersten Kind und wusste nicht, ob sie sich überhaupt darauf freuen sollte. Denn je länger sie darüber nachdachte, desto mehr kam sie zu der Überzeugung, dass es ein Fehler gewesen war, diesen fünfzehn Jahre älteren Mann geheiratet zu haben. Statt großzügiger Kosmopolit zu sein, wie sie es von jemandem erwartete, der angeblich die halbe Welt kannte, hatte er sich als ein knauseriger, ewig nörgelnder und besserwisserischer Klotz entpuppt.

Obwohl ich das irgendwie schon immer geahnt hatte, fand ich beim Lesen der Hefte die Bestätigung, und von Tagebucheintrag zu Tagebucheintrag wurde ich unglücklicher. Lieber wäre mir die Vorstellung gewesen, dass der Großvater zärtlich und geduldig gewesen wäre und wir Mädchen auf seinen Knien hätten reiten können. Aber so war er eben nicht.

Meine Großmutter war also im dritten Monat schwanger und hatte, weil das Wochenende vor der Tür stand, ihre berühmte Schokoladentorte gebacken. Sie musste an diesem Tag dem Großvater ausnehmend gut geschmeckt haben. Denn er hockte zufrieden grunzend mit dem Teller auf dem Schoß in der guten Stube auf seinem ghanaischen Häuptlingsthron und biss gerade in das vierte Stück, als er unverhofft nach vorn kippte, den

Teller fallen ließ und dann langsam, quasi im Zeitlupentempo, von dem kaum vierzig Zentimeter hohen Sitz herunterrutschte. »Der gute Teppich!«, schrie meine Großmutter, als sie die Schokokrümel auf dem hellen Perser sah. Aber da war es schon zu spät.

»Plötzlicher Herztod«, diagnostizierte der Viehdoktor vom Nachbarhaus rechts, der auf das Geschrei meiner Großmutter hin angelaufen kam.

»Das hat er nun davon, dass er dich immer so drangsaliert hat«, bemerkte die alte Grotewinkel aus dem Nachbarhaus links.

Der Gendarm wiegte nachdenklich den Kopf, fand die Bemerkung der Grotewinkel ein wenig herzlos, aber nur ein wenig, roch auffallend lang an den Resten des Schokoladenkuchens und biss dann todesmutig in die süße Masse. Wahrscheinlich habe der Großvater zu viel davon gegessen, beschied er, als er selbst am Abend noch lebte. Übrigens lebte er noch viele Jahre und hielt zwölf Monate nach dem zu frühen Tod meines Großvaters um die Hand meiner Großmutter an, die, sichtlich aufgeblüht, den Antrag akzeptierte und ihm im Verlauf ihres gemeinsamen glücklichen Lebens noch drei Töchter schenkte.

Zuerst aber weinte sie ein bisschen um den toten Großvater, weil sich das in einem kleinen quadratischen Fünfhundertseelendorf mit einer evangelischen Kirche in der Mitte so gehörte, und stimmte einer Obduktion zu. Dann reinigte sie sorgfältig den guten Perser und wartete auf die Nachricht von der Rechtsmedizin. Sie brachte keine Klärung. Der Großvater habe Übergewicht gehabt und vor seinem Tod Schokoladentorte gegessen, ziemlich viel sogar. Aber die Speise sei einwandfrei gewesen, aus guter Schokolade und frischen Eiern. Weder der Kuchen noch das Übergewicht seien ausschlaggebend für seinen Tod gewesen. Auch nicht das Herz, das kerngesund gewesen sei. Sein Dahinscheiden sei ein interessantes Rätsel, mit Erlaubnis der Großmutter wolle man den Leichnam konservieren, um ihn späteren Forschern zur Verfügung zu stellen.

Die Großmutter erklärte sich einverstanden und wartete nunmehr zufrieden auf den Geburtstermin. Dass es Zwillinge werden würden, wie ihr Frauenarzt ihr bald darauf freudestrahlend verkündete, nahm sie genauso gefasst hin wie den Tod ihres Mannes. Am 1. Juli 1948 kam zuerst ein kleines Mädchen auf die Welt, meine Mutter, und zwei Minuten später ein Junge, Bernhard.

Leider kam der kleine Bernhard mit nur zwei Jahren schon wieder ums Leben.

Er hatte sich an einem warmen Sommertag mit seiner Schwester, meiner Mutter, so heftig gestritten, wie sich nur Kleinkinder streiten können, wenn es um ihr Lieblingsspielzeug geht und sie den Begriff ‚teilen' noch nicht kennen. Es ging um den Häuptlingsthron und wer darauf sitzen durfte.

Bernhard hatte seine Schwester mit wütendem Gebrüll heruntergeschubst und dann, bevor meine Großmutter noch dazwischen fahren konnte, wohl selbst das

Gleichgewicht verloren. Zwei Stunden später starb er. Der Hausarzt, der sich zwischenzeitlich in Louisendorf niedergelassen und dem Viehdoktor die Hälfte der Patienten abspenstig gemacht hatte, konnte nicht die kleinste Schramme, nicht die Spur eines Blutergusses entdecken. Aber eine Obduktion ließ meine Großmutter dieses Mal nicht zu. »Nicht an diesem kleinen Körper«, sagte sie und weinte bitterlich. Als sie sich die Tränen getrocknet hatte, brachte sie Großvaters ghanaischen stool auf den Boden und verbannte ihn in den hintersten Winkel. Sie murmelte etwas von verhext und ging den Pfarrer besuchen, obwohl sie normalerweise eine rundherum vernünftige Frau war. Uns verbot sie, den Sitz auch nur anzurühren. Ein Verbot, an das wir uns, wie gesagt, nie gehalten hatten.

Es war eigentlich nicht meine Absicht gewesen, den schwarzen Briefträger zum Kuchenessen einzuladen, aber als er am nächsten Tag mit einem Einschreibebrief an die Haustür klopfte, bat ich ihn herein. Sein erster Blick fiel auf die Schokotorte, und er sah nicht so aus, als ob er nein sagen würde, wenn ich ihm ein Stück anböte. Dann entdeckte er den Prinzessinnenthron.

»Aus Ghana«, sagte er.

»Von meinem Großvater«, antwortete ich und dachte, dass es ihn eigentlich nichts angehe.

Überhaupt irritierte mich irgendetwas an ihm. Etwas an seinem Gesicht war seltsam. Die Idee, ihn in die Küche gebeten zu haben, war vielleicht nicht die beste gewesen. Er aber schien alle Zeit der Welt zu haben. Neugierig umrundete er den stool, dann ging er in die Hocke, um ihn genauer betrachten zu können.

Was war nur so seltsam an seinem Gesicht? Gut, er war schwarz, aber das war ja nun nichts Anormales. Übrigens war er nicht sehr dunkel, also nicht tiefschwarz, auch nicht mahagoni oder schokoladenbraun, um bei dem blöden Vergleich zu bleiben, eher ocker oder siena hell, doch wiederum nicht so hell wie meine Arbeitskollegin, die einen deutschen Vater und eine senegalesische Mutter hatte. Aber es war auch nicht die Hautfarbe, die mich irritierte. Da war etwas anderes.

Mein Briefträger studierte jetzt aufmerksam die Schnitzereien, fuhr mit der Hand den Fuß des Hockers entlang, strich fast andächtig über die Sitzfläche. Dann lächelte er zufrieden. Als ich ihn zur Haustür brachte und in diesem Augenblick das Telefon schrillte, bemerkte ich es. Der schwarze Briefträger hatte blaue Augen. So blau wie das Meer, das Kinder aufs Papier malen, wenn sie von den Strandferien in die Schule zurückkommen und ‚Mein schönster Ferientag' malen müssen. Verwundert schloss ich die Tür hinter ihm und griff nach dem noch immer klingelnden Telefon. Ein Afrikaner mit blauen Augen! Aus dem Hörer dröhnte mir Roberts Stimme entgegen. Ich seufzte. Auf den hatte ich gerade noch gewartet! Ich setzte mich gottergeben auf den Thron, und während Roberts Worte an meinem Ohr vorbeirauschten, überlegte ich mir zum wer-weiß-wievielten Mal, wie ich ihm beibringen könne, dass es mit unserer Beziehung vorbei sei, dass es mir zwar leid tue, ich aber dennoch Schluss machen wolle. Punktum.

Nur so einfach, wie ich diese Sätze im Kopf schon tausendmal geübt hatte, war die Sache nicht. Robert neigte zu Zornesausbrüchen, aus nichtigsten Anlässen. Bezeichnenderweise hatten seine Wutanfälle erst angefangen, nachdem ich ihm, verliebt wie ich war, einen Zweitschlüssel zu meinem Haus in die Hand gedrückt hatte. Wenn ich mich nicht so verhielt, wie er glaubte, dass ich mich zu verhalten hatte, bekam er Anwandlungen, die mir die Sprache verschlugen. Zwar entschuldigte er sich hinterher immer wieder wortreich und schwor mir ewige Liebe, und anfangs verzieh ich ihm auch. Aber mit der Zeit begriff ich, dass ich mir die Reinkarnation meines Großvaters ins Haus geholt hatte. Heißt es nicht, dass Familiengeschichten sich wiederholen?

Und plötzlich, in diesem Augenblick, hier auf unserem Prinzessinnensitz, mit dem Telefon am Ohr, war ich entschlossen, einer Auseinandersetzung nicht mehr länger aus dem Weg zu gehen.

»Ja, bis Samstagnachmittag«, hörte ich mich knapp sagen, bevor ich das Gespräch wegdrückte. Am Samstag würde ich Nägel mit Köpfen machen. Endlich.

The Sacred Stools of the Ashanti People steht auf dem dünnen Büchlein, das ich am nächsten Abend im Postkasten neben der Haustür finde, in den alle Briefträger die Post legen, wenn ich nicht daheim bin. Das Titelblatt ist über und über mit den Silhouetten von Hockern bedruckt, die alle aussehen wie Großvaters afrikanischer Thron. Unser Prinzessinnenthron etwas Heiliges?

Ich schlage die Seite auf, die mit einem gelben Klebezettel markiert ist.

Worte wie sacred stool, respect, the spirits of the ancestors, mit Bleistift unterstrichen, springen mir entgegen. Ich lese hastig.

Die Geister der Ahnen, Rituale, Tabus, Ehrerbietung, Opfergaben. Der Thron – Symbol der Seele des Ashanti-Volkes. Verboten, darauf zu sitzen. In früheren Zeiten zum Tode verdammt. Und dann: A white man may not enter the stool-house, ein Weißer darf nicht den Raum betreten, in dem die heiligen Ahnensitze ihren Platz haben. Am Rand ein handschriftlicher Vermerk: Leider hat das Ihr Großvater getan und den heiligen Sitz meines Urgroßvaters entwendet. Dazu, ebenfalls handschriftlich, die Jahreszahl 1929, das Jahr, in dem mein Großvater nach zweiunddreißig Monaten Afrika wieder nach Hamburg zurückgekommen und in den Kakaohandel eingestiegen war.

Ich weiß nicht, wie lange ich hier schon sitze, abwechselnd unseren schwarzen Prinzessinnenthron ins Visier nehme und dann wieder weiterlese. Ich hole tief Luft, bevor ich zum letzten Satz komme: A blackened stool ... – ein geschwärzter stool besitzt eigene Kräfte.

Wahrscheinlich liegt das winzige, quadratisch angelegte Louisendorf für afrikanische Geister etwas weit ab vom Schuss. Zumindest hat es achtzehn Jahre gedauert, bis sie die Person fanden, die ihren geweihten Thron hatte mitgehen lassen. Aber als sie ihn endlich aufspürten, den Frevler und Dieb, den Großvater, haben sie sich gerächt. Haben ihn buchstäblich vom Thron geworfen. Und auch sein Sohn musste ihnen suspekt vorgekommen sein. Hätte sich der kleine Bernhard, der Zwillingsbruder meiner Mutter, am Ende womöglich zu einem rechthaberischen Kotzbrocken entwickelt, wie es mein Großvater einer war? Oder waren sie ungerecht und nachtragend, die Geister? Hatte ihnen ein einziges Opfer nicht genügt?

Ich starre den schwarzen Ahnensitz an, aber die Geister schweigen. Immerhin scheinen sie etwas fürs weibliche Geschlecht übrig zu haben. Nie hatten wir Mädchen uns einen Kratzer zugezogen, wenn wir auf unserem Thron spielten, nicht der kleinste Holzsplitter hatte sich uns in die Finger gebohrt. Gut, jetzt der Bluterguss am Schienbein. Von dem Stoß vor ein paar Tagen. Vielleicht wollten sie aber auch nur auf sich aufmerksam machen, die Geister. Wo ich doch nun einen schwarzen Briefträger habe, anscheinend einen aus ihrer Heimat.

Am Samstagvormittag läutet er. Ich bedeute ihm, in die Küche zu kommen, und mache Kaffee. Er setzt sich und schaut den Thron an, der still und unschuldig wie ein Lamm unterm Fenster steht.

»Meine Großmutter ist 1930 geboren«, beginnt er und legt ein blasses Schwarzweißfoto auf den Tisch. Ein hoch aufgeschossenes, hellhäutiges Mädchen guckt mich mit großen Augen an.

»Die Tochter meines Großvaters?«, frage ich. Und eine Halbschwester meiner Mutter. Denke ich.

»Ja«, bestätigt er, »... die Tochter Ihres Großvaters und die Enkelin eines Häuptlings. Sie bekam acht Kinder, ihr jüngster Sohn ist mein Vater.«

Ich schaue ihn an, während er redet. Unterhalb des rechten seiner meeresblauen Augen hat er einen Leberfleck. Ich stehe auf und hole aus der Schachtel mit den alten Familienfotos das Portraitbild meines Großvaters. Unterhalb seines rechten Auges ein Leberfleck. Muttermal und blaue Augen, eine schöne Erbschaft.

Eine Erbschaft, um die er manchmal beneidet würde. Er grinst, mein schwarzer Vetter, den die afrikanische Familie zum Studieren nach Hamburg geschickt hat. Und damit er den heiligen Sitz der Ahnen wiederfindet. Als die Schokotorte, die ich wegen Roberts angekündigtem Besuch in den Ofen geschoben hatte, verdächtig zu riechen beginnt, geht er. Ich habe ihm nichts von dem Schicksal unseres gemeinsamen Vorfahren erzählt. Auch nichts von dem armen kleinen Bernhard. Ich bin ja nicht abergläubisch.

Robert findet den Schokoladenkuchen zu süß und zu schwer, den Kaffee zu schwach und die Milch nicht schaumig genug. Ich merke, wie ich gereizt werde. Gib mir meinen Schlüssel zurück, will ich sagen und suche nach der richtigen Formulierung für eine feige Ausrede. Gerade als ich den Mund aufmache, entdeckt er den Prinzessinnenthron.

»Hübsch das Ding«, sagt er, »woher hast du das?«

Neugierig steht er auf, in der Hand den Kuchenteller, obwohl ihm die Torte doch gar nicht schmeckt. Aber noch im Gehen beißt er ein Stück davon ab, bevor er sich auf den Hocker setzt. Ich halte den Atem an. Mach dich nicht lächerlich, murmle ich, aber da kippt Robert schon nach vorn und rutscht langsam, quasi im Zeitlupentempo, von der Sitzfläche. Aus seinem geöffneten Mund rollen dunkelbraune Tortenbrösel auf den Steinfußboden. Das lässt sich Gott sei Dank leicht wieder aufwischen.

»Herzinfarkt«, konstatiert der junge Schulmediziner, der Anfang dieses Jahres die Hausarztpraxis in Louisendorf übernommen hat. Ich belasse ihn in seinem Glauben, weine ein bisschen, weil man das in einem quadratisch angelegten Fünfhundertseelendorf mit einer evangelischen Kirche in der Mitte so tut, und nehme die tröstenden Worte der Nachbarn entgegen. Gut, dass der alte Viehdoktor schon längst das Zeitliche gesegnet hat. Er hätte sich ja vielleicht doch gewundert. Die Grotewinkel aber, die auch schon tot ist, hätte etwas von ausgleichender Gerechtigkeit gebrummt, da bin ich mir ziemlich sicher.

Als in der Woche darauf mein schwarzer Vetter auf seinem Postmoped angeknattert kommt, binden wir den heiligen Sitz seiner Ahnen gemeinsam auf dem Gepäckträger fest.

»Besser so«, sagt er. Man könne nie wissen, ob am Ende nicht noch was passiert. Es gebe Dinge zwischen Himmel und Erde, die man Weißen nicht erklären kann.

No Time to Die

Der Kastenaufbau des Kleinlasters vor ihr auf der A 61 zeigt eine bedenkliche Schieflage. Es sieht aus, als ob die Ladung nach rechts gerutscht sei. Vielleicht stimmt aber auch irgendetwas mit der Radaufhängung nicht. Oder mit den Stoßdämpfern. Sie kennt sich mit solchen Dingen nicht so aus. Um ein Auto zu fahren, muss man schließlich kein Kfz-Mechaniker sein, findet sie.

Auch der rechte Hinterreifen eiert. Man merkt es kaum, nur wenn man genau hinschaut. Niemand schaut so genau hin, wenn man auf der Autobahn fährt und auf den Verkehr achten muss.

Hat damals der Reifen des Lasters vor ihr auch geeiert? Unwillkürlich sucht ihr Fuß das Bremspedal.

Der Laster vor ihr. Damals. In Ghana.

»NO TIME TO DIE« hat ein Schriftkünstler auf die rückwärtige Querlatte gepinselt, die den offenen Kastenaufbau nach oben hin abschließt. In knalligem Orange. Und in einem noch aufreizenderen Rot steht ein wenig tiefer, direkt über dem Nummernschild: »BECAUSE OF MONEY«. »NO TIME TO DIE – BECAUSE OF MONEY.«

Tatsächlich türmen sich auf der Ladefläche prall gefüllte Jutesäcke weit über die hölzernen Seitenwände hinaus. Dicke Seile halten die Ladung, aber sie neigt sich dennoch auffällig nach rechts und gerät manchmal ins Schlingern, wenn der Fahrer schwungvoll Schlaglöchern, Fußgängern, streunenden Hunden, Ziegen und

Kuhherden ausweicht. Es ist ein temperamentvoller Fahrer. Als sie ein paar Mal erfolglos zum Überholen ansetzt, sieht sie seinen kräftigen schwarzen Arm lässig zum Fenster heraushängen. Einmal lässt er ihn nach hinten kreisen, vielleicht macht er gymnastische Übungen, oder er unterhält sich mit dem Beifahrer und verleiht mit seinen Armbewegungen seinen Bemerkungen Nachdruck.

Ganz oben auf den Säcken sind vier oder fünf Körbe festgezurrt. Dutzende von Hühnern recken ihre Köpfe heraus, schubsen und stupsen sich, fast hört sie ihr aufgeregtes Gackern. Daneben in einer Lattenkiste zwei Ziegen, geduldig in ihr Schicksal ergeben. Auch zwei junge Männer thronen auf den Säcken, ihre Hemden blähen sich im Fahrtwind wie Segel, mit einer Hand halten sie sich an den Seilen fest, mit der anderen winken sie ihr fröhlich zu, wenn sie wieder einmal ein Überholmanöver abbricht.

Sie geht vom Gas und lehnt sich zurück. Im Grunde genommen ist es völlig egal, ob sie eine Stunde früher oder später in Tamale ankommt. Und sie beginnt die Passagiere zu zählen, die zusammengepfercht auf der letzten freien Fläche zwischen den Säcken und der rückwärtigen Holzwand stehen. Zwanzig oder dreißig mögen es sein.

Gerade als sie überlegt, ob das Baby, das eine der Frauen in einem bunten Tuch auf dem Rücken trägt, extra gilt oder ob sie es der Mutter zuordnen soll, kippt der Laster.

In Zeitlupe.

Scheinbar lautlos kippt der Lorry nach rechts.

Noch heute könnte sie nicht sagen, ob es die überhängende Ladung gewesen war, die das Unglück ausgelöst hat. Oder ob ein Reifen platzte. Vielleicht musste der Fahrer aber auch einem Hindernis ausweichen oder er übersah vor lauter Palaverei, dass die Asphaltstraße unvermittelt endete und in eine gut fünfzehn Zentimeter tiefer liegende Sandpiste überging.

Sie sah den Laster kippen. Die Seile rissen, schnellten durch die Luft, trafen Ziegen, Hühner und Passagiere. Holz splitterte. Die Jutesäcke rutschten, öffneten sich, schwere Cassavawurzeln wirbelten heraus wie Streichhölzer, trafen Schienbeine und Köpfe, Rippen, Schultern, Arme. Leiber krümmten sich im roten Sand. Die eine der beiden Ziegen regte sich nicht mehr, die andere hob mühsam den Kopf und meckerte zum Steinerweichen. Am glücklichsten waren die Hühner dran. Wild mit den Flügeln schlagend, stoben sie in alle Himmelsrichtungen davon.

Es war nirgendwo ein Dorf zu sehen, und doch tauchten, wie von Geistermund gerufen, von überall her Menschen auf, Männer, Frauen, Kinder, die sich das Spektakel nicht entgehen lassen wollten. Frauen heulten und wehklagten, Männer ereiferten sich über den Zustand der Straße und machten die Regierung für das Elend verantwortlich, die Kinder jagten hinter den Hühnern her. Wer Arme hatte zum Tragen, versorgte sich mit dem Wurzelgemüse.

Sie steigt aus. Ein Arzt!

Einen Arzt gibt es hier nicht. Nur die Hebamme und ein junges Mädchen, das in der Bezirkshauptstadt Krankenschwester gelernt hat. Ein paar Kinder rennen los, um die beiden Frauen zu holen. Sie drückt einem Mann, der sich als Lehrer vorstellt, den Verbandskasten aus ihrem Auto in die Hand, dann schaut sie sich nach der Frau mit dem Baby um. Findet sie. Leblos. Das Baby viele Meter weiter unter einem Busch. Ganz still liegt es, als schlafe es. Sie hebt es auf. Es atmet.

Als sie zum Wagen zurückgeht, folgen ihr zwei Frauen, die eine nimmt ihr das Kind ab, dann steigen sie zu ihr ins Auto. Die Sonne brennt auf die Schotterpiste, im Rückspiegel sieht sie, wie der rote Sand aufwirbelt. Niemand spricht, aber sie hört die beiden Frauen singen, sanft und beruhigend, das Lied lullt sie ein, sie muss aufpassen, dass sie nicht am Steuer einschläft. Das Kind atmet mit schnorchelndem Ton, einmal hustet es. Bis zur Krankenstation in Tamale hören die Frauen nicht auf zu singen.

Während sie auf einer Bank im Schatten auf den Arzt warten, seufzt das Kind noch einmal tief auf. Time to die.

Neapel sehen und sterben

Seit Karneval sitzt der alte Herr allein im Café. Nie zuvor hatte ich ihn allein hier gesehen. Immer war er in Begleitung seiner Frau. Einer konnte nicht ohne den anderen, so sah es aus.

Er half ihr im Sommer aus der Jacke und im Winter aus dem Mantel, sie schob ihm den Stuhl zu. Er bestellte für beide, sie schnitt ihm die Bratwurst oder das Steak, denn seine rechte Hand wollte nicht mehr so richtig. Der alte Herr und seine Frau schienen sich auf wundervolle Weise zu ergänzen, und an Gesprächsthemen mangelte es ihnen nie. Auch nicht, als sie in den letzten Monaten im Rollstuhl saß. Noch immer schnitt sie für ihn sein Essen in Portionen; ihm aber fiel es mit nur einer gesunden Hand schwer, den Rollstuhl an den Tischen vorbei und durch den Eingang auf die Straße zu schieben. Die Frau selbst schaffte es aus eigener Kraft nicht mehr, die Räder zu bewegen.

Dann sprangen Tonino, der Besitzer des Cafés, oder einer der Stammgäste hinzu, bugsierten die Frau nach draußen, öffneten mit dem Schlüssel, den der alte Herr immer ein wenig umständlich aus seiner Hosentasche zog, die Tür des Nachbarhauses und drückten auf den großen roten Knopf, um den beiden Alten den Aufzug zu holen.

»Danke, jetzt jeht et allein«, murmelte der Mann, als ich einmal den kleinen Dienst übernommen hatte, und seine Frau, den Oberkörper vornüber gebeugt, nickte kaum merklich.

Ich hatte den Eindruck, es war ihnen peinlich, Hilfe von außen annehmen zu müssen, obwohl wir uns doch schon seit Jahren kennen – was man denn so unter kennen versteht, wenn man das gleiche Stammcafé hat.

Jetzt also sitzt der alte Herr allein an seinem Tisch und schaut stumm vor sich hin. Er hat Suppe bestellt, Linseneintopf ohne Wurst, da braucht er keine zwei Hände zum Schneiden. Löffeln kann er auch mit der Linken.

Als er am dritten Tag noch immer allein vor seinem leer gegessenen Suppenteller sitzt und langsam sein Kölsch trinkt, frage ich ihn, ob ich mich zu ihm setzen darf.

»Ja«, sagt er, »... leisten Se mer wat Jesellschaff.«

»Ihre Frau ...?«, frage ich und zögere, weil ich nicht weiß, ob er gefragt werden möchte.

»Jestorve. Am Rusemoondaach. Als et Trömmelche jing. För en äch Kölsch Mädche ne schööne Daach för ze sterve, finden Se nit och?«

Er lächelt sanft, aber in seinen Augen lese ich Schmerz und noch etwas, das ich nicht zu deuten vermag.

Am nächsten Tag bin ich vor ihm da. Als er kommt, sage ich ihm, er könne sich gern etwas anderes als Linsen- oder Kartoffelsuppe bestellen, ich würde ihm das Fleisch schneiden.

»Wirklich, das wollen Sie tun?«, fragt er zurück. »Tonino hat et mir och schon anjeboten, aber ich kann mich noch nit so janz daran jewöhnen, dat sie et nit mih maat. Bis zum Schluss hatt se et meer kleinjeschnedde. Ävver dann wollt dat Hätz nit mih.«

»Wie alt war sie?«, wage ich zu fragen.

»Beinah auf den Tach jenau neunzig. Ich bin vier Monate jünger«, antwortet er und bemüht sich um Schriftdeutsch. Für einen Augenblick höre ich in seiner Stimme den Stolz darüber, dass sie beide so alt geworden sind. Dann huscht wieder der Schatten über sein Gesicht, den ich jetzt schon kenne.

»Ävver wat nötz enem dat schönste Alder, wenn dat Hätz nit mih metmache well?«, seufzt er denn auch.

Ich stimme ihm zu, während ich sein Schnitzel in Streifen schneide.

»Und ab morgen macht das die Küche«, verkündet Tonino, der meinen Bemühungen zusieht. »Sie fallen uns sonst noch vom Fleisch, Herr Pütz, immer nur Suppe, das geht doch nicht.« Der Chef lacht, und Herr Pütz nickt ergeben, als füge er sich einem bösen Schicksal. Aber ich habe den Verdacht, er ist ganz froh, dass jemand anderes für ihn entschieden hat, ohne dass er hatte bitten müssen.

»Sehen Se, dat is ming Frau«, erklärt er mir, als wir uns ein paar Tage später wieder bei Tonino im Café treffen und ich mich erneut zu ihm geselle. Er zieht eine Zeitungsseite aus seiner Anzugtasche, streicht sie auf der Tischplatte glatt und schiebt sie mir herüber.

»Süht se nit joot us? Die Nachbarin hat se jeschmink, jedes Jahr hat dat Luise se jeschmink. Lommer fiere, hät ming Frau immer för dat Luise jesaat. Jo, ming Frau kunnt fiere!«

Er tippt auf eines der Zeitungsfotos mit Karnevalsjecken. Eine zierliche alte Dame mit Clownsgesicht strahlt mich daraus an, das quietschgelbe Papphütchen verwegen schief im ondulierten Haar. Frau Pütz hockt ein wenig zusammengesunken in ihrem Rollstuhl, aber sie hebt den Kopf, so hoch es eben geht, und lacht wie ein übermütiges junges Mädchen in die Kamera. Auf der Nasenspitze prangt ein knallroter Fleck, das ganze Gesicht ist mit roter, weißer und blauer Schminke bemalt. »Ob jung oder alt, mer all han Fastelovend em Blood«, hat der Fotograf oder der zuständige Redakteur unter das Bild getitelt.

»Das war jetzt, am Rosenmontag?«, frage ich und suche nach dem Datum der Zeitung.

»Jo«, bestätigt der alte Herr, »... am Rusemoondaach. Ein Stund späder wor se dut. Meddendrin jestorve, am Zuchweesch.«

»Das muss schrecklich für Sie gewesen sein.«

»Ach«, sagt er und zuckt mit den Schultern, »... se sah so jlöcklich dobei us.«

Der alte Herr wischt sich eine Träne aus dem Gesicht. Ich weiß nicht, ob er vor Rührung weint oder aus Trauer. Dann beugt er sich vor, wie um mir ein Geheimnis zu verraten.

»Wissen Se, dat Kätt es am zwölfte Februar nüngsenhundertdreiunzwanzisch jebore.«

Er nippt an seinem Kölschglas.

»Am zwölften Februar neunzehnhundertdreiundzwanzig«, wiederholt er und nickt vielsagend. »Dat war och enne Rusemoondaach«, verrät er schließlich. »Schon im Krankehuus han se ihr enne rude Punk op et Näsje jemalt un e Hätzje op de Stirn, ihr Mutter un de Hebamm. Dat hat se immer verzällt. Und nach der Jeburt wurd jeschunkelt un jesunge, un der Chefarzt und ihr Vatter han zwei Flaschen Schampus jeleert – auf den schönsten Säugling, der je anennem Rusemoondaach in Kölle dat Leech der Welt erbleck hatt.«

»Karneval im Blut«, bemerke ich.

»Jo, dat künne Se laut sage.«

Der alte Herr fährt mit der gesunden Hand zärtlich über das Zeitungsfoto. Er sieht jetzt richtig frohgemut aus.

»Wissen Se«, sagt er, »... dat war für sie wie: Neapel sehen und sterben, wenn Sie verstehen, was ich meine.«

Er legt den Kopf zur Seite und schaut mich ein wenig herausfordernd an.

»Sie meinen, wer an einem Rosenmontag geboren ist ...«

»Jenau. Dat hat se immer jesaat. Kurt, hat se jesaat: Wenn de Zick kütt, un et Trömmelche jeiht ...«

»Und?«, frage ich, »... ging es?«

»Jo, et jing.«

Der alte Mann nickt zufrieden mit dem Kopf.

»Op ming Kättche«, sagt er dann, hebt sein Glas und schaut mir direkt in die Augen.

»Se wor en Frau met enem joldene Hätz – un enem eiserne Wille.«

Er winkt mich nah zu sich heran.

»Ich hätt meer dat nie verziehe, wenn ich ehr dä letzte Wunsch nit erfüllt hätt. Sterve anenem Rusemoondaach. Jetzt lit se sillich und zufridde im Sarch. Met Papphötche un Clownsjeseech. So hat se't jewollt. Jeschmink will ich vör minge Herrjott tredde, hätt se immer jesaat. Dä sull och jet ze laache han.«

An einem Freitag in Colombo

Die drückenden Wolken, die jenseits des Sees den Himmel verdunkelt und ein heftiges Gewitter angekündigt hatten, waren verflogen, während er auf dem Bett in einen tiefen Schlaf gefallen war. Er wusste nicht, was ihn vor wenigen Minuten weckte, das heisere Krächzen der Raben, die unablässig das Hotel umkreisten, das Jauchzen eines Kindes, das im sonnenwarmen Wasser des Swimmingpools planschte, oder das geschäftige Klappern der Kellner, die auf der Terrasse unter seinem Zimmer die Tische für das abendliche Buffet richteten.

Mit den Geräuschen drang süßliche schwere Luft durch die weit geöffnete Balkontür. Er streckte und dehnte seinen Körper, der mit den Jahren ein klein wenig zur Fülle neigte, stand auf und ging hinaus auf die Veranda, um die sich lila Bougainvilleen rankten und Kletterpflanzen mit weißen, gelben und orangefarbenen Blüten, deren Namen er nicht kannte. Zwischen den bis zum Horizont reichenden Häusern suchte er den kleinen Park mit dem See und dahinter den hellroten Turm, dessen kuppelförmiges Dach silbern schimmerte. Am blassblauen Himmel segelte ein einzelner Geier, ein Schwarm Reiher zog über das Wasser hinweg.

Ein Gefühl der Ruhe überkam ihn, wie er es seit langem nicht mehr gekannt hatte. Sein Kopf war klar, er spürte eine neue, eine unerwartete Woge von Energie, die ihn beflügelte. Mit einem Mal wusste er, was er tun würde: der Verlängerung seines Zeitvertrags zustimmen, eine Wohnung mieten und hier in Colombo bleiben.

Er hatte lange geschwankt, bevor er vor mehr als sechs Monaten das Angebot, in Sri Lanka eine Wirtschafts- und Verwaltungsschule aufzubauen, angenommen hatte. In jüngeren Jahren war er viel gereist, hatte als Gastdozent an verschiedenen Universitäten gelehrt, Vorträge gehalten, Seminare geleitet. Meist lebte er, wenn er im Ausland arbeitete, in Hotels. Nur am Anfang, als er einen Dreijahresvertrag in Mexiko gehabt hatte, waren seine Frau und die Kinder, zwei kleine Buben und die damals zehn Monate alte Tochter, mitgekommen. Später hatten er und seine Frau beschlossen, den Kindern einen häufigen Schulwechsel und die Trennung von Freunden zu ersparen. Seither reiste er allein.

Ein Streifenhörnchen, grau mit schwarzen Linien über dem Rücken, huschte über den Betonrand der Veranda. Wieder drang vom Hotelpool die helle Kinderstimme an sein Ohr. Vielleicht war es falsch gewesen, die Familie all die Jahre zu Hause zu lassen. Was wusste er denn von seinen Kindern? Von ihren Wünschen und Träumen, von ihren Freundschaften, ihren ersten Schritten ins Erwachsenenleben? Nicht, dass sie ihm jemals einen Vorwurf gemacht hätten, aber immer hatte er eine Fremdheit zwischen ihnen und sich gespürt.

Doch damals wie heute fürchtete er, sich anzubiedern.

Er zog einen der Verandastühle heran und setzte sich. Es war Samstagnachmittag, aber er hatte keine Pläne für dieses Wochenende gemacht. Die letzten Tage waren hektisch gewesen und hatten ihm wenig freie Zeit gelassen.

Wenn man sich nicht bewegt, ist die Hitze leichter zu ertragen, dachte er und rührte sich nicht.

Als seine Frau krank geworden war, unvorhergesehen, denn wer denkt schon an Krankheit?, hatte er alle Verpflichtungen im Ausland aufgegeben und war bei ihr geblieben. Er hatte nachholen wollen, was nicht mehr nachzuholen war. Etwas gutmachen, wo nichts mehr gutzumachen war. Oft, wenn er in jenen Wochen nachts neben ihr wach gelegen und auf ihren Atem gehorcht hatte, überfiel ihn ein tiefer Schmerz. Dann strich er über ihr Haar, vorsichtig, damit sie nicht aufwachte, und hoffte doch jedes Mal, dass sie die Berührung in ihren Träumen wahrnahm.

»Ich habe dir zu viel zugemutet«, sagte er laut und folgte mit den Augen dem Streifenhörnchen, das sich jetzt die gebogenen Äste des Bougainvillea-Buschs entlanghangelte. Als antworteten sie ihm, schimpften die Krähen in den Bäumen des Hotelgartens und schossen aufgebracht hin und her, scheinbar ohne Ziel.

Wie auch er kein Ziel mehr hatte, nachdem sie von ihm gegangen war.

Lange Zeit war er nach ihrem Tod verloren durch die gemeinsame Wohnung gewandert, hatte Stühle zurecht gerückt, Bücher umgeräumt, alte Zeitschriften aussortiert und sich einsame Abendessen zubereitet. Er hatte in vergilbten Fotoalben geblättert und in ihren Tagebüchern gelesen. Mit klopfendem Herzen und schlechtem Gewissen, denn zu ihren Lebzeiten hätte er sich das nicht erlaubt. Aber da hatten sie gelegen, auf ihrem Schreibtisch, als wollten sie ihn herausfordern, und er hatte sie aufgeschlagen. Was er darin fand, war ihr Leben und das der Kinder, und er musste erkennen, dass er fast immer nur Gast bei ihnen gewesen war. Außenseiter. Nicht selten nur geduldet. Wieder hatte er diesen Schmerz verspürt, aber dieses Mal war es ein heilsamer gewesen, und er hatte angefangen, die Nähe zu seinen Kindern zu suchen, die längst erwachsen waren.

Zu seiner Überraschung hatten sie sich ihm nicht verweigert, waren viele Abende zu ihm in die leere Wohnung gekommen, mal nur einer, mal alle drei. Sie hatten geredet, ihm von früher erzählt, verhalten zuerst, aber mit der Zeit immer aufgeschlossener, und langsam wuchs ein Vertrauen. Wenn die Kinder dann nach Hause gegangen waren, hatte er, während er Teller und Gläser in die Küche brachte, mit ihr zu reden begonnen. Über seine Einsamkeit, die er tausende von Kilometern fort von zu Hause in den vielen Hotels nie gekannt hatte, jetzt aber wohl, wo sie nicht mehr auf ihn wartete, wenn er vom Einkauf oder von einem noch so kurzen Spaziergang zurückkam. Beschäftigt wie er gewesen war, immer erfüllt von neuen Eindrücken, hatte er sich nie Gedanken darüber gemacht, ob sie sich vielleicht einsam gefühlt hatte, wenn er wieder einmal zu einer seiner weiten Reisen aufgebrochen war, ohne sie und die Kinder.

Warum hast du dich nicht beschwert?, hatte er nach einem solchen Abend einmal stumm ihr Bild gefragt.

Hätte es etwas genutzt?, hatte er in seinem Kopf ihre Antwort vernommen und sich eingestanden, dass er sein Leben nicht geändert hätte, selbst wenn sie sich beschwert hätte. Schuldbewusst hatte er das Licht in der Küche ausgeschaltet und war zu Bett gegangen.

Aber einmal angefangen, konnte er nicht mehr aufhören, mit ihr zu reden. Wenn er ruhelos durch die Stadt lief, erzählte er ihr, was er sah: fremde Kinder auf Spielplätzen, die Farben der Blumen, die am Wegrand blühten, das weiße Hochzeitskleid im Schaufenster, dem ihren von damals so ähnlich. Vor allem aber klagte er ihr seine Antriebslosigkeit, seine Angst, sich auf neue Projekte einzulassen. Dass er sich aber auch gleichzeitig darüber ärgerte. Er lauschte in sich hinein, aber in ihm blieb es still. Hatte er kein Recht zu klagen?

Langsam senkte sich die Nacht über das treibhausheiße Colombo. Die Krähen im Hotelgarten verstummten allmählich, das Streifenhörnchen war verschwunden, die ersten Fledermäuse drehten lautlos ihre Runden, kaum dass er ihnen mit den Augen folgen konnte. Auf der anderen Seite des Stadtparksees gingen die Straßenlaternen an, der hellrote Turm des Buddha-Tempels erstrahlte im Glanz unzähliger Glühbirnen. Die Geräusche der Stadt brachen sich an den Mauern des Hotels, drangen ungefiltert an sein Ohr, eine orgiastische Symphonie des Lebens. Heute Abend, beschloss er, würde er nicht unten am Hotelpool oder in der Lounge essen, sondern mitten hinein gehen nach Slave Island und eintauchen in das atemberaubende Chaos von Abgasen, verbrennendem Müll und dem Geruch von frischen egg hoppers, gebratenem Fisch und Curry. Er würde sich durch die Masse schwitzender Leiber quetschen und den Luftzug spüren, wenn ein Kleinbus oder eine Motorrikscha, ein trishaw, gefährlich nah an ihm vorbeistreiften. Und irgendwo, in einem dieser winzigen, in buntem Neonlicht gleißenden Imbissstuben, die sich protzig Hotel Majestic, Grand Hotel oder Hotel Paradise nannten, würde er Reis mit green leaves und scharf gewürztem Fleisch essen. Mit der Hand.

Nach Monaten der Unsicherheit, des Nichtwissens, was er tun sollte, waren seine Zweifel plötzlich wie fortgeflogen.

Hatte sie, während er schlief, endlich zu ihm gesprochen? War sie es, die ihm nach seinen vielen inneren Monologen endlich die Richtung wies, sodass er nun die Entscheidung treffen konnte, die schon seit langem anstand: Rückkehr in die Heimat oder Annahme des Dreijahresvertrags als Co-Direktor der Schule, die er in den letzten sechs Monaten mit den srilankischen Partnern aufgebaut hatte?

Ihm war, als habe sie ihm heute seinen Egoismus, seine Gedankenlosigkeit verziehen. Quäl dich nicht mehr, hörte er sie mit einem Mal sagen; mach, was du machen musst.

Er stand auf und ging zurück ins Zimmer. Gleich morgen würde er sich um eine Wohnung kümmern. Er würde sich hier einrichten, arbeiten und Land und Leute kennenlernen. Er würde seine Kinder bitten, ihn zu besuchen und die Enkel mitzubringen. Er stellte sich vor, wie er mit ihnen Ausflüge an die südlichen Strände, zu den Wasserfällen und in die kühlen Berge um N'Eliya herum machen würde. Und SIE wäre in Gedanken bei ihm.

Jetzt, wo er den Entschluss gefasst hatte, fühlte er sich leicht und glücklich. Geräuschlos schloss er die Tür seines Hotelzimmers und schritt beschwingt den Gang hinunter zum Aufzug.

»Taxi?«, fragte ihn der Hotelangestellte, der ihm das hohe Eingangsportal aufhielt.

»Nein, danke. Heute nicht.«

Die schwülheiße Feuchtigkeit der tropischen Nacht schlug ihm entgegen. Nach wenigen Schritten klebte das Hemd auf der Haut, Schweiß lief ihm aus allen Poren. Zuerst war er versucht, umzudrehen und in die sanfte Kühle der Hotelklimaanlage zu fliehen oder doch ein Auto zu rufen, um sich zu einem jener makel-, aber gesichtslosen Restaurants fahren zu lassen, wo ihm ein Boy beim Betreten unauffällig eine Krawatte überreichen würde, die er ebenso unauffällig vor einem versteckten Spiegel bände, bevor er sich zu Tisch begäbe.

Aber er kehrte nicht um. Er ging weiter. Und nach ein paar Minuten gelang es ihm, sich der erbarmungslosen Hitze hinzugeben. Stolz erfüllte ihn.

Am Kreisel, keine hundert Meter vom Hotel entfernt, bog er rechts ab. Er ließ sich jetzt Zeit, musterte die Gesichter der jungen Soldaten und Soldatinnen, die in ihren braunen Uniformen, das Maschinengewehr in der Hand, vor Polizeidienststellen, Verwaltungsgebäuden und an fast jeder Straßenecke aufgestellt waren und für die Sicherheit der Stadt und ihrer Bewohner sorgen sollten. Wie jung sie sind, dachte er, jünger als meine eigenen Kinder. Und er empfand Mitleid mit ihnen.

»Bitte, gehen Sie auf die andere Straßenseite! Hier dürfen Sie nicht vorbei.«

Wie um Entschuldigung bittend, deutete einer der jungen Männer auf eine Mauer von übereinandergestapelten Sandsäcken und eine Wand aus tarnfarbendunklen Blechtonnen, die ebenfalls mit Sand, vielleicht auch mit Beton gefüllt waren.

Während er die Fahrbahn überquerte, beobachtete er einen Minibus, der von demselben jungen Soldaten an den Rand gewinkt worden war und nun anhielt. Zwei Uniformierte begannen, die Pässe der Insassen zu kontrollieren, zwei andere gingen langsam um den Wagen herum, inspizierten ihn von allen Seiten, bückten sich, um unter das Fahrzeug zu schauen, und forderten schließlich den Fahrer auf, die rückwärtige Tür zu öffnen. Routinekontrollen.

Wie viele Fahrzeuge überprüfen sie täglich?, überlegte er. Jedes fünfte? Jedes zehnte? Er schaute noch einmal zum Checkpoint zurück. Fahrer und Beifahrer stiegen eben wieder ein und schlossen die Wagentüren. Mindestens fünf weitere Autos fuhren vorüber, ohne dass diese von den Militärs beachtet wurden. Und wenn nun in einem davon ein Bombe läge? Würde sie bei den nächsten Kontrollstellen, die hier im Zentrum bald alle zweihundert Meter eingerichtet waren, entdeckt werden? Oder würde sie ihr Ziel erreichen? Welches Ziel? Einen Politiker, eine Kaserne, Regierungsgebäude?

Er war jetzt in der Malay Street. Hier war ihm einmal, als er mit seinem einheimischen Fahrer vorbeifuhr, ein kleines Lokal aufgefallen, in fröhlichem Gelb, Rot und Grün gestrichen. Vor dem weit geöffneten Laden blieb er stehen, er spürte die Blicke der Gäste auf seiner Kleidung, seinem Gesicht, seinen Haaren und zögerte. Aber der Alte hinter der Kasse lächelte ihn freundlich an, in seiner oberen Zahnreihe klaffte eine breite Lücke.

»Kommen Sie herein, Sir! Was möchten Sie essen?«

Er wusste nicht, was er wollte, aber nun würde er etwas bestellen müssen. »Reis«, sagte er. »Reis mit Hühnchen. Und mit Gemüse.«

Der Alte wiederholte die Bestellung, Reis mit Hühnchen und Gemüse, und gab sie auf Sinhala nach hinten weiter.

Die Angestellten und Kunden des kleinen Imbiss' musterten ihn noch immer, doch dann rückte einer zur Seite und deutete einladend auf einen freien Stuhl. Ein zweiter, fast noch ein Kind, stellte ein Glas Wasser vor ihm auf den Tisch, legte einen Löffel daneben und ein Stück hartes, braunes Papier, an dem er sich die Finger würde abwischen können.

Als sein Teller kam, wich die Neugier seiner Tischnachbarn an seiner Person einer lebhaften Unterhaltung, von der er kein Wort verstand. Er beobachtete, wie sie mit den Fingern ihren Reis geschickt zu kleinen Kugeln formten und sich diese in den Mund schoben. Es hatte etwas Elegantes, diese ihre Handbewegung, aber er griff dann doch lieber zum Löffel, um sich nicht lächerlich zu machen.

Das Essen schmeckte ihm, besser als im Hotel. Saftig und scharf war es, die Tränen schossen ihm in die Augen, er löschte den Brand mit Wasser und aß bis aufs letzte Reiskorn alles auf. Danach bestellte er eine Tasse Tee.

Über ein Jahr war das nun her, dass seine Tochter mit Tee und vier Tassen auf dem Tablett aus der Küche gekommen war. Das Telefon hatte geläutet, er war an den Apparat gegangen, hatte seinen Namen genannt und dem Anrufenden schweigend zugehört. »Das muss ich mir überlegen«, sagte er schließlich und hängte ein. Die Kinder hatten zu reden aufgehört. Ihm war unbehaglich zumute.

»Sie fragen, ob ich nach Sri Lanka könnte. Eine Schule aufbauen.«

Seine Blicke verloren sich auf dem Fußboden.

»Warum nicht? Heute spricht doch nichts mehr dagegen.«

Die Stimme seiner Tochter klang spitz, der scharfe Unterton war nicht zu überhören.

Ich weiß nicht, wer ihr den ersten Kuss gegeben hat. Ich weiß nicht, was sie gefühlt hat, als sie ihr Abiturzeugnis in der Hand hielt. Ich bin zu oft weg gewesen. Und jetzt erwartet sie ihr erstes Kind.

Er blickte auf, suchte ihr Gesicht, doch sie hatte sich abgewendet. Die Söhne waren gutmütiger.

»Fahr hin«, rieten sie ihm. »Es wird dir guttun. Du wirst wieder eine Aufgabe haben.«

Aber er schüttelte den Kopf. Wenigstens die Geburt des Enkelkindes wollte er abwarten. »Wenn es ein Junge wird, fahre ich«, sagte er zu sich. »Wird es ein Mädchen, bleibe ich«, versprach er seiner Frau am Grab. Sie antwortete nicht.

Es wurde ein Mädchen. Er fuhr es im Kinderwagen durch den herbstlichen Park, die trockenen Blätter raschelten unter seinen Schritten. Er nahm es auf seine Arme und zeigte ihm die flackernden Kerzen am Weihnachtsbaum und fühlte sich sehr alt. Am Tag nach Neujahr kam die Tochter auf eine Tasse Tee, sie hatten ein langes Gespräch. Am Ende griff er zum Telefon, wählte die Nummer des Instituts und fragte, ob die Stelle noch frei sei. Zwei Wochen später brachte seine Tochter ihn zum Flughafen. Sie weinte ein bisschen, aber sie lachte auch.

»Und ich komm mit der Kleinen«, rief sie ihm hinterher. »Such eine Wohnung für uns!«, und er freute sich riesig.

Sechs Monate waren seither vergangen, sechs Monate, in denen er den Aufbau der Schule vorantrieb, Lehr- und Verwaltungspersonal einstellte und sich mit den Behörden herumschlug, sechs Monate, in denen er kaum zum Nachdenken kam. Als seine Tochter schrieb, dass sie Arbeit gefunden hätte, zwar nur einen Zeitvertrag, aber immerhin und ihn daher noch ein wenig vertrösten müsse, war er fast erleichtert gewesen, und er zögerte die Entscheidung, hierbleiben oder nach Hause zurückkehren, hinaus.

Er trank seinen Tee aus und zahlte. Der alte Mann hinter der Kasse wünschte ihm eine gute Nacht. Vom Meer wehte eine leichte Brise herauf und brachte ein wenig Kühle in die Stadt, die ab heute sein neues Zuhause sein würde, zumindest für die nächsten drei Jahre. Langsam schlenderte er durch die nächtlichen Straßen. Ein übel riechender Rauch reizte Hals und Nase, er versuchte die Luft anzuhalten, um den aufsteigenden Ekel zu überwinden. Obwohl er es nicht wollte, konnte er nicht umhin, in das kleine Feuer an einer Hauswand zu starren, wo die Abfälle des Tages verbrannt wurden, Holz, Essensreste, eine ausgelatschte Gummisandale. Ein paar Schritte weiter hockten drei junge Männer auf der Straße und zerlegten einen Autokühler. Fast wäre er über den halbnackten Mann gestolpert, der vor dem Eingang des märchenhaft erleuchteten Buddha-Tempels auf dem Gehweg schlief, nur notdürftig von ein paar dreckigen Lappen bedeckt.

Als er ins Hotel zurückkam, verschwitzt und außer Atem, gestand er sich ein, dass die elegante Kühle des

Hauses etwas für sich hatte. Hier herrschte Stille und Sicherheit. Gläserne Scheiben schützten vor der verwirrenden Welt draußen. Hier sprach man seine Sprache, draußen bestürmten ihn fremde Laute und Buchstaben, die rund und weich wie Pfingstrosen aussahen, hübsch eigentlich, aber unverständlich. Zweifel überfielen ihn. Warum wollte er plötzlich eine eigene Wohnung? Bot ihm das Hotel nicht alles, was er brauchte, einen gedeckten Tisch und die Tageszeitung früh morgens? Ein Jeansgeschäft im Tiefgeschoss, eine Buchhandlung, ein Reisebüro, wenn er am Wochenende einen Ausflug machen wollte?

Doch als er nun sein aufgeräumtes Zimmer betrat und seine Bücher ordentlich in Reih und Glied auf dem Couchtisch sortiert fand, heute nach Größe geordnet, an anderen Tagen auch schon mal nach Farben; als er sah, wie das Bett sauber gefältelt und aufgedeckt war, obwohl er den Anblick eines vom Zimmerservice aufgedeckten Bettes hasste, und als er bemerkte, dass im Badezimmer die Zahncremetube wieder einmal akkurat von hinten aufgerollt und jede einzelne seiner unüberlegten, aber ureigenen Druckstellen aufs Sorgfältigste beseitigt worden waren, da wusste er, dass es nun endlich genug damit sein musste. Er wollte seine Zahnpastatube zerknautschen, wie er wollte.

Im Sessel neben der Verandatür sah er seine Frau sitzen; sie nickte zustimmend.

Gleich am nächsten Morgen machte er sich auf die Suche nach einer geeigneten Wohnung. Seine einheimischen Kollegen halfen ihm, und schon nach zwei Tagen fand er, was er sich vorgestellt hatte: ein schmales Häuschen mit geräumigem Wohnzimmer und drei kleinen Schlafzimmern, ausreichend für ihn und eventuelle Besucher aus der Heimat. Außen herum ein winziger Garten mit einem Papaya- und einem Limonenbaum und in der Ecke einer Palme, die irgendwann einmal über das Dach hinauswachsen würde. Es gab keine Klimaanlage, nur Ventilatoren. Ein ausgeklügeltes System von Öffnungen in den Wänden und unterm Dach sorgte für angenehm frische Luft. Und noch etwas sprach für dieses Haus. Das Viertel, zu dem es gehörte, lag fernab vom Zentrum. Nur vereinzelt gab es die obligatorischen Militärkontrollen an den Straßen, ein sicheres Zeichen dafür, dass er vergleichsweise unberührt von politischen Unruhen und tamilischen Anschlägen würde leben können.

Es ist Freitagnachmittag, als er den Vertrag unterschreibt. Sein srilankischer Hausherr bittet ihn noch, auf eine Tasse Tee zu bleiben, und er nimmt die Einladung an, obwohl er es eilig hat, ins Hotel zurückzukommen. Er will sofort seine Tochter benachrichtigen und dann die Koffer packen. Ein Kollege hatte ihm versprochen, ihn am nächsten Morgen mit seinen wenigen Habseligkeiten abzuholen und in sein neues Heim zu bringen.

Es ist zwanzig vor fünf, als er endlich in einem knatternden trishaw sitzt, dessen Fahrer sich unter ständigem Hupen und Ausweichen durch den dichten Verkehr schlängelt. Er denkt an die neue Wohnung und erlaubt sich zu träumen. Die Straßengeräusche nimmt er kaum wahr, auch nicht die stinkenden Auspuffgase und nicht den erhobenen Stock des Wachtpostens, mit dem dieser seine trishaw am Ende der Sir James Pleris Mawatha nur einige Meter vor seinem Hotel an den Bordstein winkt. Vor ihnen am Checkpoint ein weißer Lieferwagen, aus dem eine junge Frau steigt. Sonnengelb ihr Sari. Als zwei Soldatinnen auf sie zutreten, bemerkt er noch die Bewegung ihrer Hand. Dann hört er die Explosion, und alles um ihn herum, die Soldaten, die Autos, sein trishaw-Fahrer, die Frau im Sari, er selbst, versinkt im unendlichen Nichts …

Es war an einem Freitag in Colombo, im Jahr 1998, als sich um siebzehn Uhr fünf die fünfundzwanzigjährige Ganeshan Indrani in die Luft sprengte und neun Personen mit sich in den Tod riss.

Über die Autorin

Petra Reategui, geboren 1948 in Karlsruhe, war nach einem Dolmetscher- und Soziologiestudium Redakteurin bei der Deutschen Welle. Sie arbeitet heute als freie Autorin in Köln und schreibt neben Kurzgeschichten überwiegend Romane und Kriminalromane mit historischem Hintergrund. www.petra-reategui.de